東方選書

歴史と文学のはざまで

——唐代伝奇の実像を求めて

高橋文治

東方書店

目次

終章　「人虎伝」の系譜が語ること

序章

〈異記〉〈雑伝〉と〈実録〉

一――はじめに

本書は、唐代の文人が書いてあまり有名にならなかった幻想小説の中からある種の典型とおぼしき作品を選びだし、その翻訳に若干の解説と注釈を加えて〈唐代幻想奇譚集〉を編もうとするものである。文学史の一般的な用語にしたがうなら、〈唐人伝奇《とうひとでんき》〉と呼び慣らわされてきた一類の作品群の中から中国文化特有の世界観・人間観をもった作品を選びだし、『任氏伝《じんしでん》』や『柳毅伝《りゅうきでん》』といった超有名作品はあちこちに翻訳があるからこれをあきらめ、残った数篇に案内図や順路を付けて〈唐代伝奇の散歩道〉を構成してみたもの、とでもいえようか、要するに、文学史家の選り残しを集めて落選展を開こうとするものなのだが、そうした本書がなぜ『歴史と文学のはざまで―唐代伝奇の実像を求めて―』といった奇妙な書名を名乗るのかといえば、前近代の中国にあっては、文言で書かれた小説が独立した文学として扱われたことは一度もなく、常に〈史伝〉の一部と認識されてきたように思うからである。

われわれは今日、〈伝奇〉を指して〈古典小説〉とか〈文言小説〉といった単語を普通に使っているが、〈小説〉という用語自体、当時はあまり使われない言葉だったと思われる。〈小説〉という漢語を字義に忠実に訳すなら〈取るに足らない意見〉とか〈つまらない言説〉の意になる。したがって、当時、世間に名だたる文学者は誰も〈小説〉を書いたりはしなかった。また、〈伝奇〉とか〈唐代伝奇〉という用語も似たようなもので、周紹良という有名な学者が「元稹《げんじん》作の『鶯鶯伝《おうおうでん》』は原題を『伝奇』といい、〈伝奇〉の用語はここに始まる」と、その起源を明らかにしてくれたものの、元稹以後、〈伝奇〉が陸続と生まれた事実はなく、唐代小説が唐人によって〈伝奇〉と汎称された形跡もない。文言小説を指して〈伝奇〉と汎称するようになったのは、明代も中葉以後のことらしい。

では、いわゆる〈唐代伝奇〉は当時、どのように呼ばれ、どのように扱われていたのだろう。

本書が以下の叙述で取り上げる〈唐人伝奇〉は都合十二篇。それらすべては『太平広記《たいへいこうき》』と呼ばれる大部な総集からの引用である。『太平広記』とは、北宋初の太平興国《たいへいこうこく》二年（九七七）に李昉《りぼう》等が太宗の勅命を受け、『太平御覧《たいへいぎょらん》』や『文苑英華《ぶんえんえいか》』などとともに編纂を開始した一種の資料集で、全五百巻。『太平御覧』一千巻がある種の百科事典、『文苑英華』一千巻が『文選《もんぜん》』の後を継いだ詩文集だったのにたいし、『太平広記』は漢代以来の雑文を集めた一種の〈文言小説集〉だった。また、本書がなぜ『太平広記』からすべての〈伝奇〉を引用するのかといえば、唐代に編まれた〈小説集〉が宋代以後つぎつぎに散逸していく中、『太平広記』は比較的早期に編纂されて各篇の原形をよく留め、現存するさまざまなテクストと比較・校合してもなお、多くの場合、『太平広記』所収のそれが最古にして最良のテクストと判断できるからである。〈唐人伝奇〉の原像を考える上で最も頼りになるのが『太平広記』だというわけだが、この書物は元来、「太平の世を言祝《ことほ》ぐために〈記《き》〉を網羅的に集めた」からこそ〈太平広記〉と命名されたのである。とすれば、『太平広記』が編纂された九七七年当時、そこに収録された〈文言小説〉の多くは〈記〉と汎称されるべきものとして認識されていたに違いない。

　また、『太平広記』と同時期に編纂された『文苑英華』には『太平広記』と同一の作品が幾篇か収められている。たとえば、『太平広記』巻一九五「豪俠 三」に収録される『馮燕』は『文苑英華』においては『馮燕伝』（巻七九五）として収められ、『太平広記』巻四八六「雑伝」に見える『長恨伝』は『長恨歌伝』（『文苑英華』巻七九四）として収められている。『太平広記』所収の諸篇は、元来、そのほとんどが人名を表題としており、『文苑英華』等のアンソロジーがその人名に〈伝〉を加えて表題にするのは、誰もが納得のいく当たり前の処理といえるだろう。〈唐代伝奇〉は、もしこれを文体ごとにジャンル分けするなら、その多くは〈記〉や〈伝〉に分類されたものと思われる。〈記〉〈伝〉を内容に応じてさらに細かく規定するなら、おそらくは〈異記《いき》〉や〈雑伝《ざつでん》〉の項に分類されたのである。

　ここにいう〈異記〉〈雑伝〉は、〈記〉が〈記録〉の意味で、〈異記〉とは〈めずらしい事実の記録〉の意。〈伝〉は元来〈解説・注釈〉の意味だったが、『春秋左氏伝《しゅんじゅうさしでん》』という歴史書においては〈後世に伝えるべき作者の意図についての解説〉の意で用いられ、そこから派生して〈後世に残すべき個人の伝記〉の意味になった。〈雑伝〉とは〈史書に掲載されない雑多な伝記〉の意である。つまり、〈異記〉や〈雑伝〉は〈事実の記録〉であって〈ものがたり〉ではなかった。

今日のわれわれは中国の幻想奇譚をフィクションとして読みがちである。だが、それらはもともと〈事実の記録〉として書かれ、伝統中国に生きた読者たちもそれを〈事実の記録〉として読んだ。本書が以下に紹介するのも、そうした〈異記〉や〈雑伝〉なのである。

二――『桃花源の記』を例にして

具体例を挙げてくわしく説明してみよう。

いわゆる〈記〉という文体によって書かれた〈異域譚〉に東晋《とうしん》の陶淵明《とうえんめい》（三六五？―四二七？）が書いた有名な『桃花源《とうかげん》の記《き》』がある。『晋書《しんじょ》』「隠逸伝《いんいつでん》」の記述によれば、陶淵明は名を潜といい、淵明は字だという。中国文学を代表する大詩人である。

『桃花源の記』は、唐代の知識層もこれを〈記〉として読んだのであり、その証拠に、唐朝の開祖・李淵《りえん》が勅命を出して編纂させた『芸文類聚《げいもんるいじゅう》』という本にも「陶潜《とうせん》の『桃花源の記』に曰く」と書いてあるのだが、その中身は、武陵《ぶりょう》の渓流を遡って水源を訪ねるうちにあやまって桃源郷に迷い込んでしまうという、「浦島太郎」にも似た〈異域探訪譚〉である。そこに描かれた異域の実在感や神秘性は後代の〈唐人伝奇〉を明らかに予感させるものであり、その意味では、〈記〉を標榜する〈文言小説〉の先蹤《せんしょう》といってもちろん過言はない。

『桃花源の記』は次のような内容である。

晋《しん》の太元《たいげん》中（三七六―三九六）、武陵《ぶりょう》（湖南省常徳一帯）の人に魚《うお》を捕えることを業《なりわい》とするものがいた。谷川沿いに遡《さかのぼ》っていき、どれほど進んだか判らなくなった。桃花の林に突然出会い、両岸の数百歩の間に他の樹木はなく、かぐわしい花が色あざやかに咲き満ちて、花びらがはらはらと散っていく。漁師は不思議に思ってなおも進み、林の果てまで行こうとした。林は水源のあたりで終わり、そこに山があった。

山には小さな入り口があり、かすかな光があった。漁師は船を捨て、入り口から入ってゆくと、はじめは穴が小さく、やっと人が通れるほどだったが、さらに数十歩進むと、突然あたりはからりと開けた。土地は平らかで広く、家々は外界と同様に並び、田畑《たはた》は肥《こ》え池は水を湛《たた》えて、桑畑《くわばたけ》、竹林《ちくりん》があった。道路は整然と交わり、鶏《とり》や犬《いぬ》の鳴き声が聞こえた。そこを行き交《か》い農作業をする男女の衣服はすべて外界の人たちと同じである。年寄りから子供まで、みな一様に楽しげであった。

漁師を見て人々は非常に驚き、どこから来たかと尋ねた。詳しく話すと、すぐに家に連れ帰り、酒をしつらえ鶏をつぶしてご馳走《ちそう》してくれた。「この人がいる」と聞くと、村中の人がやってきて質問をした。彼らは「祖先たちは秦《しん》の時の乱を避けて、妻子や村人を引き連れ、この人里はなれた土地にやって来て以来、一度も出たことがなく、外界と隔絶《かくぜつ》されてしまったのです」という。それから「いまは何という時代ですか」と訊《き》く。なんと、漢という王朝があったことを知らず、魏朝《ぎちょう》や晋朝ももちろん知らないのだ。この人がひとつひとつすべて、自分の知っていることを話すと、みな溜息《ためいき》をついて感嘆した。他の人々もそれぞれの家に彼を招いて、どこの家でも酒食をふるまった。数日とどまって辞去《じきょ》することになった。この世界の人は「外の世界の人たちに話す値打《ねう》ちもありません」と述べた。

外に出ると漁師は船を見つけ、もと来た道をたどりながら、あちこちに目印《めじるし》をつけた。町に着くと太守《たいしゅ》を訪ね、「かくかくしかじか」と有体《ありてい》に話した。太守はさっそく人を遣って漁師の後につき従わせ、先につけた目印通りにたどっていった。が、迷って、結局たどり着くことはなかった。

南陽《なんよう》の劉子驥《りゅうしき》*1は高潔《こうけつ》の士であった。この話を聞くと、喜びいさんで行ってみようとしたが、ことを果たさぬまま、間もなく病で死んだ。それ以後、その船着場を探すひとはいなくなった。

*1——劉子驥は『晋書』「隠逸伝」に記述のある隠者。南陽は今の河南省南陽市。後漢の光武帝の出身地として有名。

『桃花源の記』はおそらく、〈異域探訪譚〉のスタイルを借りて創作された一種のパロディーである。漁師がたどり着いたのは〈異世界〉ではなく〈戦乱を避けて逃亡した人たちの住む世界〉だったし、〈異境〉をくまなく探索してみるよりはむしろ漁師自身が〈異人《いじん》(よそ者)〉となって〈中に暮らす人びと〉の好奇を満たしたのである。しかも彼は、歓待をうけ〈桃源郷の存在〉を口止めまでされながら、〈外界（もとの世界）〉に帰還して真っ先に向かったのは太守（知事）のもとだった。〈桃花源〉に住む人たちは、秦から漢へ王朝が交替する時期に巻き起こった戦乱を避けて秘境に逃げ込み、〈政治〉の干渉を嫌って〈強制〉も〈横暴〉もない平和な境域をつくっていたのだ。だからこそ彼等は「外人《がいじん》の為《ため》にいうに足らざるなり（外の世界の人たちに話す値打ちもありません）」と、それとなく漁師に口止めをしたのである。にもかかわらずこの漁師は、〈逃戸《とうこ》（徴税を逃れ共同体を離脱した農民を〈逃戸〉といった）〉をあばいて褒美《ほうび》でももらえると思ったのか、目印までつけて帰途を記憶し、わき目も振らず役所に駆け込んだ。『桃花源の記』とはこのように、漁師が自らの愚行によって幸福を失う、ある種の〈失楽園〉でもあった。

しかるに、この『桃花源の記』には、元来、五言古詩十六聯《れん》からなる『桃花源の詩』も付随しており、今日、陶淵明の全集として普通に読まれている七巻本の『陶淵明集』も「記」と「詩」をセットにし、『桃花源の記　幷《なら》びに詩』と題して巻六の冒頭に収録している。『桃花源の詩』の全貌をここに紹介する必要はあるまいが、ただ、その第六聯に次のように詠うのは、『桃花源の記』という作品の本質を考える上できわめて重要であろう。

春蠶取長糸　秋熟靡王税

春の蠶《かいこ》に長糸《ちょうし》を取り　秋の熟《みのり》に王税《おうぜい》靡《な》し

すなわち、「春には養蚕をおこなって長い生糸をとり、秋には豊かな収穫を得て、〈王税〉を収めることはなかった」というのである。ここにいう〈王税〉とは〈王が課す税〉の意であり、人間社会にある〈支配〉と〈被支配〉の関係性と、〈王への服従〉の証しとしての〈収穫物の供与〉をいうこと、間違いない。陶淵明は税制にこそ権力の本質があると考え、これを拒否することによって支配のない平等な社会を夢見たと思われる。

だが、唐代以後の知識層が桃源郷についての伝承を取り上げようとする時、彼らは〈楽園〉への憧憬のみを肥大させて、漁師の行動はこれを一切愚行としなかったように思われる。しかも唐宋の知識層は、桃源郷への憧憬を〈記〉や〈伝〉といった散文によってではなく、主に韻文に託して描いたと思われるのは、この場合きわめて興味深い事実だろう。中国の文学が〈未知への憧憬〉を詠おうとする時、作者の多くは詩歌を、それも〈楽府《がふ》〉といった〈歌謡体《かようたい》〉を選択したのであり、事物を淡々と叙述することを旨とする〈古文《こぶん》〉は選ばなかった。

◈王維『桃源行』の場合

唐代文学が詠じた桃花源伝承のうち比較的早期に当たる例に、盛唐《せいとう》の王維《おうい》が書いた『桃源行《とうげんこう》』がある。『桃源行』の「行《こう》」とは「引《いん》」や「歌《か》」というのと同じで、〈楽府〉と呼ばれる〈歌謡体〉の一類であることを示す一種の符号。また、本詩を収める版本の多くは表題の下に「時に年十九」という注記を附す。「時に王維は十九歳だった」というのであろう。とすれば、陶淵明の死後およそ三百年たってひとりの田園詩人が出現し、はやくも十九歳のときに先人に感化され、『桃花源の記』

を〈歌行体《かこうたい》〉に翻案して書いた、ということになるだろう。
王維の『桃源行』は次のようにいう。

漁舟逐水愛山春
両岸桃花夾去津
坐看紅樹不知遠
行尽青渓不見人
山口潜行始隈隩
山開曠望旋平陸
遙看一処攅雲樹
近入千家散花竹
樵客初伝漢姓名
居人未改秦衣服
居人共住武陵源
還従物外起田園
月明松下房櫳静
日出雲中鶏犬喧

漁舟　水に逐《したが》いて山の春を愛《め》で
両岸の桃花　夾《たばさ》みて　津《しん》を去る
坐《そぞろ》に紅樹を看《み》　遠きを知らず
行《ゆく》ゆく青渓《せいけい》を尽くすも　人を見ず
山口《さんこう》より潜行《せんこう》すれば　始めは隈隩《せま》く
山　開《ひら》け　曠《とお》く望めば　旋《すなわ》ち平陸《へいりく》
遙かに看《み》れば　一処《いっしょ》に雲樹《うんじゅ》を攅《あつ》め
近く入れば　千家は花竹に散《まじ》る
樵客《しょうかく》　初めて伝う　漢の姓名を
居人《きょじん》　未《いま》だ秦の衣服を改めず
居人　共に武陵源《ぶりょうげん》に住み
還《ま》た物外《ぶつがい》に従《したが》いて田園《でんえん》を起《お》こす
月《つき》は松下《しょうか》を明《て》らし　房櫳《ぼうろう》　静かなり
日《ひ》は雲中《うんちゅう》より出《い》でて　鶏犬《けいけん》　喧《かまびす》し

驚聞俗客争来集
競引還家問都邑
平明閭巷掃花開
薄暮漁樵乗水入
初因避地去人間
更聞成仙遂不還
峡裏誰知有人事
世中遙望空雲山
不疑霊境難聞見
塵心未尽思郷県
出洞無論隔山水
辞家終擬長游衍
自謂経過旧不迷
安知峰壑今来変
当時只記入山深
青渓幾度到雲林
春来偏是桃花水

俗客《ぞくかく》ありと驚き聞きて　争いて来り集い
競《きそ》い引《ひ》きて家に還《かえ》り　都邑《とゆう》を問う
平明《へいめい》　閭巷《りょこう》に花の開くを掃《は》き
薄暮《はくぼ》　漁樵《ぎょしょう》　水に乗りて入《かえ》る
初《はじ》め　地を避けるに因《よ》りて　人間《じんかん》を去り
更《さら》に聞けば　仙と成《な》りて遂《つい》に還らず　となり
峡裏《きょうり》　誰《だれ》か知らん　人事《じんじ》有《あ》り　と
世中《せちゅう》より　遙かに望むも　雲山《うんざん》　空《むな》し
霊境《れいきょう》は聞見《ぶんけん》し難《がた》しとは疑《おも》わず
塵心《じんしん》は未《いま》だ尽《つ》きず　郷県《きょうけん》を思《なつか》しむ
洞《どう》を出《い》で　山水《さんすい》を隔てたるを論《かんが》える無《な》し
家《いえ》を辞《じ》し　終《つい》に長《とこしえ》に衍《みずべ》に游《あそ》ばんことを擬《おも》う
自《みずか》ら謂《おも》えらく　旧《きゅう》を経過すれば迷わず　と
安《いずく》んぞ知らん　峰壑《ほうえい》　今来《きんらい》　変《かわ》れるを
当時　只だ記《おぼ》ゆ　山の深きに入る　と
青渓《せいけい》　幾《いく》たびも度《わた》りて　雲林《うんりん》に到《いた》るのみ
春来《はるきた》れば偏《あまね》く是《こ》れ桃花の水

不辨仙源何処尋　辨《べん》ぜざるなり　仙源《せんげん》　何《いず》れの処《ところ》に尋《たず》ねたるかを

【訳】舟は渓流《けいりゅう》を進み、漁師《りょうし》は春の山々を愛《め》でていた。渡し場を出て以来、両岸は桃の花に埋めつくされていた。紅《くれない》の木々を眺めるうちにしだいに遠近《えんきん》を忘れ、たどり着いてみれば、渓谷の奥に人の姿はなかった。

山の洞窟《どうくつ》に入ってみると、はじめは狭《せま》く屈曲《くっきょく》していた。奥に進むと、にわかに眺望《ちょうぼう》が開けた。雲と樹木が集まる場所を彼方に見ながらさらにすすむと、竹林や花々の奥に集落があった。歩く木こりたちは漢代の皇帝の姓名を知らず、居人たちの衣服も秦の頃のままだった。

住民たちは武陵源で共同生活を営み、世俗の外側で田畑を耕して暮らした。そこでの生活は平穏で、夜は、松の林や農家の窓辺を月明かりが静かに照らし、夜明けには、鶏や犬が鳴きはじめ、日の光が雲間から射しはじめるだけだった。

世俗からの来訪者がいると聞き、人々は集まり、客人を家に誘っては出身などを問うた。ある朝は、落花を掃く集落に迎えられ、ある夕暮れは、渓流から下りてきた漁師や木こりに迎えられた。

そのむかし、彼らは、土地を捨て世俗を捨ててここに避難してきたが、長生《ちょうせい》の術《じゅつ》を達成して、今や、帰る必要もない。この峡谷《きょうこく》に暮らす人びとは下界の人事など知る必要はなく、世俗に暮らす人びともまた、雲峰《うんぽう》のかなたに仙郷《せんきょう》があるとは知る由もなかったのだ。

「神仙《しんせん》世界《せかい》は得《え》がたいもの」と凡俗《ぼんぞく》の人は考えまい。漁師は、塵俗《じんぞく》の思《おも》いにかられて故郷に帰ることにした。洞窟を外へぬけ、山や川に隔てられようとも、いつかまた、きっと戻って来ると考えたのだった。一度たどった路があれば迷いはすまいと思ったが、あに図《はか》らんや、峰や谷はいつの間にか姿を変える。

奥山にむかし分け入った路《みち》のままに、いったい幾度《いくど》、渓流を遡《さかのぼ》って雲林のありかを求めたことか。春ともなれば、清流は桃の花に満たされる。だが、かの仙源《せんげん》に通じる路は、どこを探してもさぐり当てることはなかった。

本作は右のように、武陵源に迷いこんだ漁師の行動に焦点をあてながら、桃源郷への到達とその消失とを陶淵明『桃花源の記』とほぼ同様の手順で詠っている。王維はかなり忠実に『桃花源の記』を襲ってはいるのだが、ただ一点、両者には根本的な差異もあって、王維が原作をそっくりそのまま翻案したわけでないこともまた明らかなのである。「祖先たちは秦の時の乱を避け、人里はなれた土地にやって来て以来、一度も外へ出たことがない」と陶淵明が説明した〈桃源郷〉の成り立ちについて、王維は「そのむかし、彼らは、土地を捨て世俗を捨ててここに避難してきたが、長生の術を達成して、今や、帰る必要もない（原文は「初め、地を避けるに因りて、人間を去り、更に聞けば、仙と成りて遂に還らず、となり」）」という。すなわち、「秦の時の乱を避けた人びとが今もなおそのまま生き延びている村落」と王維は説明しているのである。この解説にしたがうなら、桃源郷とは、逃亡者の子孫たちが暮らす集落ではなく、秦の時の人たちが今もなお生き続ける〈不老長生が達成された〈永遠の世界〉だったことになるだろう。

◈舒元輿『録桃源画記』の場合

唐代の知識層の多くは、王維と同様、〈桃源郷〉を仙界と見なしたと思われ、たとえば〈甘露の変〉の首謀者として処刑された中唐の政治家・舒元輿《じょげんよ》も、『録桃源画記《ろくとうげんがき》』（『唐文粋』巻七七所収）と題された文章において、画中に描かれた〈桃源郷〉を以下のように表現している。なお、本『録桃源画

［図1］明・文伯仁「仙山楼閣図」（部分）

［図2］明・逸名「水閣会棋図」（部分）

『桃花源の記』は「林は水源のあたりで終わり、そこに山があった。山には小さな入り口があり、かすかな光があった」といい、洞窟を抜けた山中に〈桃源郷〉があったことをいう。中国の山水画は山中に屹立する楼閣をしばしば描くが、それら楼閣はそこが仙界であることを示す一種の標識。［図1］［図2］とも〈桃源郷〉を描いたものではないが、ふもとには渡し場が描かれ山中に楼閣があり、ともに〈桃源図〉の子孫であることを示す。

記』は「記」と題され、韻文に分類されるべきものではないが、ただし舒元輿は、本篇を〈四六《しろく》駢儷体《べんれいたい》〉[1]と呼ばれる〈美文《びぶん》〉によって記述しており、その意味では、『桃花源の記』のような〈古文〉とは一線を画した、一種の〈散文詩〉と考えるべきなのである。本『録桃源画記』は、実際の味わいは〈古詩〉に近い。

四明山《しめいさん》の道士《どうし》・葉沈《しょうちん》は嚢《ふくろ》より古画《こが》を取り出した。その画《え》は桃源図である。図上に渓谷《けいこく》が描かれ、その名は武陵源《ぶりょうげん》。「神仙記《しんせんき》」の類《たぐい》を見ると、三十六洞天《さんじゅうろくどうてん》*1の一つに桃源山があった。渓谷は速《はや》く流れ、その勢いは江河《こうが》（長江と黄河）と同じである。深く緑を湛《たた》えた所と、浅く白い部分と、ふたつある。白い部分は石が描かれ、緑の場所は鏡のように静かである。渓谷の南北に山があり、山は屛風《びょうぶ》のように接連《せつれん》して続いている。峯《みね》は高いが険《けわ》しくはなく、樹々《きぎ》はただ深い緑を湛えている。渓谷の両岸には樹木があって、千万本がならび立ち、お辞儀《じぎ》をするかのよう。紅い花が鮮《あざ》やかに描かれ、朝焼《あさや》けのようになびき、また動くかのよう。燦然《さんぜん》と咲き乱れ、美女の笑顔《えがお》のように艶《つや》やかである。山脈は水底《みなそこ》にも続き、草むらが褥《しとね》のように散らばっている。鸞《おおとり》がいる、その首は青い。鶴《つる》がいる、其の頂《あたま》は丹《あか》い。鶏《とり》がいる、その羽は碧玉《へきぎょく》である。狗《いぬ》がいる、その色は黄金《おうごん》である。それらはみな、かがむがごとく伸《の》びるがごとく、入り乱れて立っている。

岸から北上すれば奥には岩の門があって、さらに奥には室廊《しつろう》がほそく見え隠れし、朱色《しゅいろ》の欄干《らんかん》がうねうねと続いている。雲の間に五色の階段があり、氷雪のように白い顔をした美女たちが、日月星辰《じつげつせいしん》をかたどった衣裳《いしょう》を身《み》に着《つ》け、立っている。

岸から南に行けば五人のひとがいる。虹《にじ》をかたどった衣服を着、左右には書童《しょどう》や玉女《ぎょくじょ》（貴人に仕える童形の下男をしばしば「書童」と名付けた。「玉女」は仙界の下女）を引き連れ、侍立《じりつ》する角髪《あげまき》の道士は十二名。あたかも、ゆったりと飛動《ひどう》するがごとく、十数片の雲が油然《ゆうぜん》と湧《わ》き起《お》こり、たちまちにして姿を変えて流れゆく。

高い場所には何層にも重ねられた壇《だん》がしつらえてある。壇の炉《ろ》（不老長生の丹薬を錬る炉）からにわかに煙があがり、炉の口から炎《ほのお》も吹き出、かすかに五色の雲気がかかる。中央には渓流があり、舟が浮かべられている。雪のように白い眉と髪をした老人が、身には秦の時の衣服をつけ、手に短《みじか》い櫂《かい》をもっている。その意境《いきょう》はまことに深遠《しんえん》である。

わたしは前のめりになり、しかと見定《みさだ》めた。大略は以上のようなもので、山は高く、水は深く、人は魁偉《かいい》で鶴《つる》はのどか。空気や草木は香気を帯び、それを詳細に観察すれば、身も心も洗い清められ、俗世を離脱して飄然《ひょうぜん》と天空や鏡中に遊ぶかのよう。この世のものとは思えぬ高貴な気象《きしょう》が中から漂《ただよ》ってくるのだった。

が、それも束の間、道士がにわかに画《え》を捲《ま》きとり片付けてしまうと、私は途端《とたん》に塵土《じんど》に落ちるのを感じた。画《え》が掛《かか》っていた壁面を見ると、中から岩石《がんせき》が湧《わ》き出《だ》し、桃源への道を塞《ふさ》いでしまったかのようだった。

私は絵画を多く目にし、それなりに通じているつもりだが、かくも精密にして生きるがごとき作品に出会ったことはない。道士の葉沈も大事にしているようで、手に入れる手立てはない。そこで筆を執《と》り、その詳細を記録して、将来の画家の参考とするのである。

＊1――山の洞穴を抜けて到達する仙境を「洞天」という。「三十六洞天」とは、中国各地に点在する「洞天」をランク付けしたもの。他に「七十二洞天」もある。

四明山の道士・葉沈《しょうちん》が舒元輿にもたらした絵画は、山中のところどころに楼閣や人物が点描された、いわゆる〈山水画〉だったのだろう。舒元輿はその渓流を遡って谷間に分け入り、まるで実景の中を飛翔するかのようにして武陵源の中央に到達する。そこには雪膚《せっぷ》花顔《かがん》の美女たち、玉女や童子、十二名の道士を引き連れた五人の貴人たち、ならびに白眉白髪の老人がいて、中央にしつらえられた炉《ろ》を見守っている。特に白眉白髪の老人は、身には秦の時の衣服をつけ、手には漁《ぎょ》翁《おう》の櫂をもつ。とすればこの老人は、秦の時代から生命を保ち、丹薬を完成させて永遠の時を生きる〈神仙界の人〉ということになるだろう。舒元輿が画中に見た〈桃源郷〉は、王維『桃源行』が描くそれと同様、生老病死を超越した〈永遠の世界〉だったと思われる。

◈韓愈『桃源図』の場合

唐代文学が詠じた〈桃源郷の絵図〉には、もう一つ、南宮《なんきゅう》先生が画賛《がさん》とともに描いたと韓愈《かんゆ》が七言古詩《しちごんこし》中に明言する〈桃源図〉がある。韓愈は、その絵画を詠じた『桃源図《とうげんず》』（『韓昌黎詩』巻八所収）に次のようにいう。

神仙有無何渺茫
桃源之説誠荒唐
流水盤廻山百転
生綃数幅垂中堂
武陵太守好事者
題封遠寄南宮下
南宮先生忻得之
波濤入筆駆文辞
文工画妙各臻極
異境恍惚移於斯
架巖鑿谷開宮室
接屋連墻千万日
嬴顛劉蹶了不聞
地坼天分非所恤

神仙《しんせん》の有無《うむ》は何《なん》と渺茫《びょうぼう》
桃源の説《せつ》は誠《まこと》に荒唐《こうとう》
流水《りゅうすい》は盤廻《ばんかい》し　山は百転《ひゃくてん》
生綃数幅《せいしょうすうふく》　中堂《ちゅうどう》に垂《た》れたり
武陵《ぶりょう》の太守《たいしゅ》　好事《こうず》の者《もの》
題封《だいふう》して　遠《とお》く南宮《なんきゅう》の下《もと》に寄《よ》す
南宮先生　忻《きん》としてこれを得《え》
波濤《はとう》は筆《ふで》に入《い》り　文辞《ぶんじ》を駆《は》せ
文は工《こう》　画は妙《みょう》にして　各《おの》おの極《きょく》に臻《いた》る
異境《いきょう》　恍惚《あたか》も斯《ここ》に移《うつ》すがごとし
巖《いわ》を架《か》け谷《たに》を鑿《うが》ち　宮室《きゅうしつ》を開《ひら》き
屋《おく》を接《せっ》し墻《かき》を連《つら》ねて　千万日《せんまんにち》
嬴《えい》は顛《ころ》び劉《りゅう》は蹶《たお》れ　了《りょう》として聞《き》かず
地は坼《さ》け天の分かるるも　恤《あわれ》む所に非《あら》ず

種桃処処惟開花
川原近遠蒸紅霞
初来猶自念郷邑
歳久此地還成家
漁舟之子来何所
物色相猜更問語
大蛇中断喪前王
群馬南渡開新主
聴終辞絶共悽然
自説経今六百年
当時万事皆眼見
不知幾許猶流伝
争持酒食来相餽
礼数不同罇俎異
月明伴宿玉堂空
骨冷魂清無夢寐
夜半金鶏啁哳鳴

桃を処処《しょしょ》に種《う》え　惟《た》だ花を開《ひら》かす
川原　近遠に紅霞《こうか》を蒸《かも》す
初めて来たりしころは　猶《な》自《お》　郷邑《きょうゆう》を念《なつかし》むも
歳久《としひさ》しければ　此《こ》の地も還《ま》た家《こきょう》と成《な》る
漁舟《ぎょしゅう》の子《こ》は　何所《いずこ》より来たるか
物色《ぶっしょく》し　相《あ》い猜《はか》りて　更《さら》に問語《ただ》す
大蛇《だいじゃ》を中断《ちゅうだん》して　前王《ぜんおう》を喪《うしな》い＊1
群馬《ぐんば》は南渡《なんと》して　新主《しんしゅ》を開く＊2
聴《き》き終《おわ》り　辞絶《もだ》して共《とも》に悽然《せいぜん》たり
自《みずか》ら説《い》う　経今《としふ》ること六百年
当時　万事を　皆な眼《ま》のあたりに見たり
知らず　幾許《いくばく》か猶《な》お流伝《りゅうでん》するかを
争《あらそ》い酒食《しゅしょく》を持《じ》して来《きた》り相《あ》い餽《おく》る
礼数《れいすう》は同じからず　罇俎《そんそ》も異なる
月明《げつめい》は宿《やど》を伴《とも》にするも　玉堂《ぎょくどう》は空《むな》し
骨《ほね》は冷《つめ》たく魂《たましい》は清《きよ》くして　夢寐《ゆめ》を無《み》ず
夜半《やはん》に金鶏《きんけい》は啁哳《とうたつ》として鳴《な》き

火輪飛出客心驚
人間有累不可住
依然離別難為情
船開棹進一廻顧

火輪《かりん》は飛《と》び出《い》だし　客心《かくしん》は驚《おどろ》く
人間《じんかん》に累《きずな》あり　住《じゅう》す可《べ》からず
依然《いぜん》として離別せんとするも　情を為《な》し難《かた》し
船は開《うご》き棹《さお》は進みて一たび廻顧《かいこ》すれば

［図3］宋・燕肅「山居図」

［図4］五代・董源「夏景山口待渡図巻」（部分）

［図5］明・逸名「山水図」

『桃花源の記』に「のち、ついに津を問うもの無し」というように、江村の鄙びた渡し場はそれ自体が仙境への入り口と認識された。山水画の多くが渡し場を描くのはこの故である。

万里蒼蒼烟水暮　万里に蒼蒼《そうそう》たり　烟水《えんすい》の暮《くれ》
世俗寧知偽与真　世俗《せぞく》　寧《なん》ぞ知《し》らんや　偽《ぎ》と真《しん》とを
至今伝者武陵人　今に至るも武陵《ぶりょう》の人《ひと》と伝《つた》えたり

＊1―『漢書』によれば、漢の高祖・劉邦は夜中に水辺を通り、道をふさいだ大蛇を斬った、後続のものが見れば、婆さんが「我が子は白帝の子だが、赤帝の子がこれを斬り殺してしまった」と泣いていたという。

＊2―西晋から東晋に替わるころ、後に東晋の都になった建康では「五馬、浮かびて江を渡る、一馬、化して龍となる」という童謡が流行っていたという。この童謡が元帝即位の予言となった。

【訳】仙人がいるとかいないとか、そんなことはいい加減《かげん》な出鱈目《でたらめ》、桃源郷《とうげんきょう》の話など荒唐《こうとう》無稽《むけい》な絵空事《えそらごと》だと思っていたが、渓谷に沿って山をくねくね登った先の、屋敷の広間に掛けられた数幅の絵画の中に、その桃源郷は実在したのだ。

武陵の太守《たいしゅ》は好事《こうず》のもの、その水源を絵画の中に封じ込めてしまおうと、遠く、南宮先《なんきゅう》生に便《たよ》りを出した。

南宮先生は手紙を受け取り、嬉々《きき》として波濤《はとう》と文字《もじ》とを絹布《けんぷ》の中に書き込んだ。文章は巧みで絵も上手い、至高《しこう》の腕で桃源のすがたをまるごと全部、画中に移してしまった。

谷を穿《うが》ち岩に梁《はり》を渡《わた》して宮殿を築き、廊下《ろうか》や壁《かべ》を連ねて千万日も経過した。秦《しん》は亡《ほろ》び漢《かん》は絶えたが、画中の人たちは誰が知ろう、天下が分裂しようと構《かま》ったことではない。あちこちに桃を植えて花を開かせ、春ともなれば川沿《かわぞ》いはむせかえるような紅《べに》。来たばかりの頃はそれでも故郷が恋しくはあったが、月日がたてばこの地もふるさとと同然。

「漁師の御身《おみ》はどこから来られた、不思議に思って、お聞きするのじゃ。」

「漢の高祖《こうそ》が大蛇を斬って白帝《はくてい》の子《こ》（秦帝）を殺し、五馬《ごば》が長江《ちょうこう》を渡《わた》って、中の一馬《いちば》（晋の元帝）が帝位に即かれた、とな」。

聞き終えて、みな黙ったまま、ただ溜息をつく、

「あれから六百年の月日が流れたのじゃ。秦のあの頃、われらがこの目で見たすべての事ども、あれらの事実を今となっては、伝え聞く人とてありはすまいよ」と。

みな争うようにして酒食を用意し、漁師を招いてご馳走したが、その調理法や器物の種類は漁師のそれとは異なった。毎晩のように招かれ、客間のベッドでひとり月を伴とするようなことはなかった。それでも、魂魄《こんぱく》や毛骨《もうこつ》はおのずと浄《きよ》められ、俗念《ぞくねん》によって悪い夢を見るようなことは一度もなかった。

だが、ある日の夜半、金鶏《きんけい》が時を知らせて鳴き声をあげると、夜明けの日輪《にちりん》が漁師の目を覚まさせた。俗世に未練があることを思い出し、そこには住めぬと漁師は悟ったが、別離となればやはり名残《なごり》は尽きぬ。

舟は動きだし、棹の一差《ひとさ》しごとに漁師は振り返る。万里《ばんり》の川面《かわも》は靄《もや》に煙《けむ》る夕暮れ時。

世俗の人は真と偽とをどうして知ろう。今に至るも語《かた》り継《つ》がれるのは〈武陵《ぶりょう》の水源《すいげん》を訪《たず》ねた漁師《りょうし》の物語《ものがたり》〉。

南宮先生が描いた〈桃源山水図〉がどのようなものだったのか、実物が現存しない以上知る由はもちろんないが、ただ、韓愈『桃源図』が「漁師の御身はどこから来られた、不思議に思っておかお聞きするのじゃ」といった対話を書き込んでいる点から推測するなら、単なる〈山水図〉だったはずはなく、おそらくは、舟や家屋、人物や家畜も書き込まれた、『桃花源の記』の情節をそれなりに感じさせる物語風の〈長巻〉だったに違いない。その〈桃源山水図〉を題材にして、韓愈は「仙人がいるとかいないとか、そんなことはいい加減な出鱈目、桃源郷の話など荒唐無稽な絵空事」と詠い出す。とすれば、南宮先生の〈桃源図〉は神韻縹渺《しんいんひょうびょう》たる〈仙境図〉であり、そうした神秘世界の存在を韓愈は『桃源図』の冒頭できっぱりと否定したことになるだろう。唐代の知識層の間においては、〈桃源郷〉は一種の仙境として理解されていたのであり、韓愈は、それへの憧憬を多少は揺曳《ようえい》させながらも、仙境それ自体の実在はこれを敢えて認めなかったものと思われる。

ただし、王維『桃源行』、舒元輿『録桃源画記』、韓愈『桃源図』の引用を通じて筆者がここで問題にしたかったのは、〈桃源郷〉にたいする唐代知識層のそれぞれの立場ではない。本書にとって問題なのは、唐代知識層が〈桃源郷〉をどのように認識したかではなく、陶淵明の『桃花源の記』をどのように読んでいたか、なのである。彼らは明らかに、陶淵明の『桃花源の記』だけを道案内人として武陵の水源奥深くに立ち至り、〈絵画の世界においてか現実においてかは置くとして〉そこに理想の山野を発見してそれぞれの〈桃花源実録〉を書いた。しかるに彼らは、自身の〈桃花源実録〉を、誰ひとりとして陶淵明の名とともには語らなかった。韓愈にいたっては、「聞き終えて、みな黙ったまま、ただ溜息をつく、『あれから六百年の月日が流れたのじゃ。秦のあの頃、われらがこの目で見たすべての事ども、あれらの事実を今となっては、伝え聞く人とてありはすまいよ』」と述べて、陶淵明が『桃花源の詩』において「五百」と計算間違いをした年数を「六百」に書き改めた。そうまでして〈歴史事実〉に寄り沿おうとしながら、「桃源郷の話など荒唐無稽な絵空事だ」と俗説を否定する段になると、事件の信憑性を確認しようとしなかった陶淵明の責任は一切問わず、「今に至るも語り継がれるのは〈武陵の水源を訪ねた漁師の物語〉」と述べて、法螺話《ほらばなし》のすべての責任を〈桃源を訪ねて帰ってきた漁師〉の方に押し付けてしまうのである。(2)

唐代の知識層はおそらく、〈桃源郷〉を夢見た王維や盧綸《ろりん》、舒元輿《りゅううしゃく》や劉禹錫、果ては仙界の存在を認めなかった韓愈にいたるまで、〈桃源郷〉にかかわる情報の発信源は〈桃源を訪ねて帰ってきた漁師〉の方にあって、陶淵明の『桃花源の記』にあるのではないと考えていたのである。あるいは、〈武陵源〉をめぐる伝聞は複数あって、陶淵明のそれはその中の一つに過ぎないとでも考えたのだろうか。いずれにしても、彼らはみな一様に、『桃花源の記』は陶淵明の〈創作〉ではなく〈実録〉だと思ったのである。

◈宋代の〈桃源郷〉

しかるに、これが宋代《そうだい》になると〈桃源郷〉の伝承と陶淵明の距離はより近くなり、知識層は、〈武陵源〉の内実を陶淵明の記述により密着して捉え直そうとしたように思われる。少なくとも宋代の詩人たちは、〈桃源郷〉を〈仙境〉とは単純に捉えなくなったし、また、〈武陵源〉をめぐる正統な記録に『桃花源の記』以外のものはないことも知っていた。だからこそ梅堯臣《ばいぎょうしん》は、『桃花源詩《とうかげんし》』(『宛陵集』巻五〇所収)の〈序〉において「陶潜が最初に〈記《き》〉と〈詩《し》〉を書いて以来、後人の題詠《だいえい》は絶《た》えない」と述べ、同詩や『武陵行《ぶりょうこう》』(『宛陵集』巻三所収)においては、〈桃源郷〉の住人が秦以来の生命を保った〈長生の人〉であったか否かは、これを明言しなかった。

また王安石も、有名な『桃源行』(『王荊文公詩』巻六所収)を書いて〈桃花源〉を次のように詠じた。

望夷宮中鹿為馬
秦人半死長城下
避世不独商山翁
亦有桃源種桃者
此来種桃経幾春
採花食実枝為薪
児孫生長与世隔

望夷宮《ぼういきゅう》中　鹿《しか》を馬《うま》と為《な》す＊1
秦人《しんひと》　半《なか》ば死《し》す　長城《ちょうじょう》の下《もと》
世《よ》を避《さ》けるは独《ひと》り商山《しょうざん》の翁《おきな》のみならず＊2
亦《ま》た桃源に桃を種《う》えし者《もの》あり
此《ここ》に来《きた》りて桃を種え　幾春《いくしゅん》をも経《へ》たり
花を採《と》り実《み》を食《しょく》して　枝《えだ》は薪《まき》と為《な》す
児孫《じそん》は生長《せいちょう》し　世《よ》と隔《へだ》たり

雖有父子無君臣
漁郎漾舟迷遠近
花間相見因相問
世上那知古有秦
山中豈料今為晋
聞道長安吹戦塵
春風回首一霑巾
重華一去寧復得
天下紛紛経幾秦

父子《ふし》有《あ》りと雖《いえど》も　君臣《くんしん》無《な》し
漁郎《ぎょろう》　舟《ふね》を漾《す》てて　遠近《えんきん》に迷《まよ》い
花間《かかん》　相《あ》い見《まみ》え　因《よ》りて相い問う
世上　那《な》んぞ知らん　古《いにしえ》に秦《しん》有《あ》りと
山中　豈《あ》に料《はか》らんや　今は晋《しん》たりと
聞道《きくなら》く　長安《ちょうあん》　戦塵《せんじん》を吹く　と
春風に首《こうべ》を回《めぐ》らせば　一に巾《きん》を霑《うるお》す
重華《ちょうか》　一《ひと》たび去《さ》って寧《なん》ぞ復《ま》た得《え》ん
天下《てんか》　紛紛《ふんぷん》として幾《いく》たびか秦《しん》を経《へ》ん

＊1―「望夷宮」とは秦の二世皇帝が住んだ宮殿の名。『史記』「秦始皇本紀」によれば、二世皇帝づきの宦官趙高は謀反を起そうとしたが人びとが自分の命令を聞かないのを心配し、鹿を二世皇帝に献上してこれを馬と称した、二世皇帝は笑ったが、趙高が左右のものに問いただしたところ、馬というものもいれば鹿というものもいた、趙高は鹿と述べたものを理由をつけて殺した、という。

＊2―『史記』「留侯世家」によれば、劉邦が漢を建国した折、劉邦の暴虐を畏れて商山に逃げ込んだ四人の老人たちがいて、その四人を〈商山の四皓〉といった。〈商山の四皓〉は張良の知略によって皇太子・盈（後の恵帝）を廃嫡からすくい、漢王朝繁栄の礎を築いて商山に祠廟を建立された。

【訳】秦《しん》の二世皇帝《にせいこうてい》が住んだ望夷宮《ぼういきゅう》においては、宰相趙高《さいしょうちょうこう》が鹿を指《ゆび》さして馬といい張っていた。その頃、長城《ちょうじょう》建設に駆り出された民たちは半数が死んでいた。戦乱を避けて逃げ出したのは〈商山《しょうざん》の四皓《しこう》〉ばかりではない、武陵源にたどり着いて桃を植えた人たちもまたいたのだった。

桃を植えて以来、幾つの春が過ぎたことだろう、花を採《と》り、果実を食べて、桃の枝を薪《まき》とした。子や孫が生まれ育って、幾世代もの月日が流れた。家族における長幼の序はあったが、主君と臣下の主従関係はなかった。

漁師は舟を浮かべて水路に迷い、桃花の林の中で出《で》くわし、互いに言葉を交わした。むかし秦という国があったことを俗世の人は知りはすまいが、今が晋の世だとは山中の人には思いもよらぬ。

話を聞けば、秦の都の長安は戦乱によって廃残《はいざん》したとか。春風《はるかぜ》の中、当時を思い起こせばただ涙《なみだ》。古代の聖王《せいおう》・虞舜《ぐしゅん》がこの世を去って幾年月、以来、理想の世の中は二度と戻ってこない。天下は千々に分裂して、無数の秦国が生まれては消え去ったのだ。

本詩の第四聯「家族における長幼の序はあったが、主君と臣下の主従関係はなかった」について一海知義《いっかいともよし》氏は、『陶淵明―虚構の詩人―』(岩波新書　一九九七年)という著書の中で「この世界では、父子すなわち長幼の序はあるけれども、君臣の区別、支配するものと支配されるものの差別はない。……王安石は、これが淵明のユートピアのポイントだ、と考えたのであろう。この世界が権力の探索を拒絶したのは、『王の税』を拒否するためだったのである」と述べられた。陶淵明の『桃花源の詩』に「春の蠶《かいこ》に長糸《ちょうし》を取り　秋の熟《みのり》に王税《おうぜい》靡《な》し」の一聯があることは本節の冒頭（九頁）でも紹介した通りだが、王安石はその一聯を「家族における長幼の序はあったが、主君と臣下の主従関係はなかった」と言い換えて、主従関係による統治の本質が〈税制〉という搾取の体系にあったことを実に見事に摘出したといえるだろう。『桃源行』における王安石はその意味において、一海知義氏も説くとおり、陶淵明の意図を正確に把握した、中国文学史上、稀有の理解者のひとりなのである。

　宋代の知識層はこのように、〈桃源郷への無限の憧れ〉をおそらく再確認するためであったろう、陶淵明の記述に立ち返ってその内容を再吟味しようとしたが、ここで興味深いのは、「陶淵明は、あるいは〈架空のものがたり〉をでっち上げたのかもしれない」とか、「『桃花源の記』は陶淵明の創り上げたフィクションだった」とは、彼らの誰ひとりとして考えなかった点であろう。

　一海知義氏の『陶淵明』という名著は、その副題を「虚構の詩人」という。氏は陶淵明の作品の多くに〈フィクション〉を想定し、それを基軸に詩人の表現の内実に肉薄しようとしたのだった。しかるに宋代の知識層は、自由闊達《かったつ》な知の巨人・蘇軾《そしょく》にいたるまで、陶淵明の記述に〈事実〉を模索して〈架空のものがたり〉を見なかった。蘇軾は、晩年の「和陶詩《わとうし》」の連作の中で陶淵明の『桃花源の詩』に和し、その「序」の冒頭で次のように述べている。

世俗で伝えられている桃花源の事跡は事実を誇張したものが多い。陶淵明の記述を考えてみるに、ただ「先祖が秦の時の乱を避けてここに来た」と書いてあるだけである。とすれば、漁師が出会ったのはその子孫と思われ、秦の時の人がそのまま長生を達成したのではなかったのだ。それに「鶏《とり》を殺して料理した」とあるが、殺生《せっしょう》をする仙人がいるとも思えまい。旧説では南陽《なんよう》に菊水《きくすい》という川があって、そこの水は甘く香《かぐわ》しい、三十余家の民居があり、その水を飲む、みんな長生きで、百二三十歳になるものもあったという。また、蜀《しょく》の青城山《せいじょうざん》・老人村《ろうじんそん》には五世の家族が同居する例もあったという、村への道は非常に険しく遠いため、村人は塩や酢による料理を知らずに育つ、渓中にクコがよく育ち、その根は龍蛇に似る、その渓流の水を飲むため長生きだったという。最近、村への道が通じ、食材が次第に流入して寿命も衰えたらしいのだが、思うに、桃花源もきっとこのようだったに違いない。……

〈桃源郷〉は〈仙界〉ではないと蘇軾は考えているのだが、しかし、〈はるか彼方にある幸福の郷《さと》〉というイメージは脳裏にしっかりあって、その残像を合理化するために彼は〈長生きの理由〉をあれこれ拾い集めようとする。右の「序」には、陶淵明の原文に立ち返って〈桃源郷〉の〈真実〉を再構築してみようとする宋代知識層の態度が典型的に示されているといえるだろう。

三──まだ見ぬ世界への憧れ

さて、そろそろ本題に立ち返ってみよう。

本章がこれまで〈桃源郷〉を例にして述べてきたのは、陶淵明は〈架空のものがたり〉を書いたのに唐宋の知識層はそれをまるで理解しなかったとか、後代の知識層は〈不老長生の楽園〉を夢見るばかりで〈眼前の矛盾〉にはいたって無頓着だったとか、そうした非難じみたことではない。筆者が指摘したかったのはただ一点、陶淵明は『桃花源の記』を〈記《き》〉と題して後世に伝え、後代の知識層もそれを〈記〉として読んだ、という単純な事実なのである。伝統中国における〈記〉とは〈ものがたり〉や〈お話〉ではなく、〈事実の記録〉〈実情の記録〉といった〈実録〉の意であった。どのような題材であれ、文字による記録があってそれが後世に伝えられた場合、それを手にするものは必ず〈実録〉としてそれを読んだ。〈実録〉でなければ文字にする必要はないのであり、文字である以上は必ず〈実録〉である、そう考えるのが中国の文化的風土であって、陶淵明もその中で文字を記し残したのである。

唐人が書いた〈異記〉〈雑伝〉を扱う本書の関連でいえば、陶淵明にはもう一つ、『五柳先生伝《ごりゅうせんせいでん》』と題された有名な〈雑伝〉がある。念のため、その訳文を以下に示しておこう。

先生は、どこの人かは判《わか》らず、その姓名も詳《つまび》らかにしない。家の側《かたわら》に五本の柳《やなぎ》があって、それをそのまま号にしているのである。

穏やかで、あまりしゃべらず、名誉や富には関心がなかった。読書は好きだが、詮索《せんさく》や深《ふか》読《よ》みはせず、心にかなう本に出会うと食事も忘れて没頭《ぼっとう》するのだった。

酒が好きだったが、貧乏で、いつでも手に入るわけではなかった。親戚や友人でそのことを知るものは酒を用意して招いてやったが、来れば必ず飲みつくした。酔うのが目的で、酔えばすぐに帰り、ぐずぐずと長居《ながい》することはなかった。

せまい家はぼろぼろで、日や風を避けるのも難しい。短い上着は穴が開き、箪《わりご》と瓢《ひさご》はいつも空っぽだったが、平然としていた。

いつも詩文を書いてひとり楽しみ、みずからの心の内を示した。損《そん》や得《とく》は考えず、そうやって死んでいったのである。

五柳先生は〈先生《せんせい》〉と呼ばれているのであるから、「老人《ろうじん》にして学《がく》を教《おし》えている人」(『礼記』「曲礼上」における鄭玄注による)であって、隠者や宗教者ではなかったはずである。(3) 彼は〈経世済民《けいせいさいみん》〉を志した読書人だったのであり、世俗にたいし何らかの〈こころざし〉をもった人だったと推測される。その五柳先生が「どこの人かは判らず、その姓名も詳らかにしないまま、いつも詩文を書いてひとり楽しみ、みずから心の内を示して富や名誉は求めず、そうやって平然と死んでいった」のであれば、彼は〈経世済民〉の〈こころざし〉を果たさず、後世に伝えるべき事跡は何もないまま死んでいったことになる。「姓名も詳らかでない」とはそういうことだろう。だが一方、〈伝《でん》〉の原義とは「後世に残すべき個人の伝記」である。「〈こころざし〉の実現」があってはじめて書かれるのが〈伝〉のはずだが、とすれば陶淵明は、書かれるべき理由を何ももたない無駄な人生をわざわざ取り上げ、「〈こころざし〉が果たされなかったこと」を大書特書して後世に知らしめたといって過言はない。にもかかわらず『五柳先生伝』は、古来、陶淵明の自伝として読まれてきた。それが何故かといえば、梁の昭明太子《しょうめいたいし》・蕭統《しょうとう》の『陶淵明伝』（伝世の『陶淵明集』各本がこれを掲載する）に「かつて五柳先生伝を著《あらわ》して以《もっ》てみずからに況《たと》う。時人《じじん》、これを〈実録〉という」と述べたように、知識層の多くがこれを〈陶淵明の実録〉として読んだからであろう。断わるまでもあるまいが、『五柳先生伝』に陶淵明の署名はなく、また自伝を匂わせる文言も一切ない。しかも、〈伝〉の末尾には「これを以てみずから終《おわ》る」といい、文章全体は五柳先生の死後に書かれた体《てい》になっている。この文章の作者と五柳先生とはあくまで別人のはずであろう。にもかかわらず中国の知識層は『五柳先生伝』を陶淵明の〈自況〉として読んだ。ここにあるのも、文字によって伝えられた記録は〈実録〉であり、「その背後に必ず何らかの〈実態〉がある」とする中国の文化的風土なのである。

◈〈ものがたり〉と〈記録〉

中国の知識層が〈常識や常態から逸脱した事象〉すなわち〈怪異〉や〈幻想〉を文字化する場合、たとえそれがどんなに荒唐無稽なものだったとしても、彼らがそれを記録しようとする第一の理由は、おそらく、そこに何らかの〈実録〉を見るからであって、〈ものがたり〉としての面白さを演出するためではなかった。ここにいう〈ものがたり〉とは、『竹取物語』『伊勢物語』『今昔物語』『源氏物語』という場合の〈物語〉、すなわち、日本文学の伝統が生んだ日本語としてのそれである。日本の〈ものがたり〉には二つの特徴があって、その第一は、〈ものがたり〉がまさしく〈語り〉、すなわち書面ではなく口頭の談話を前提としている点、もう一つは、「むかし男ありけり」と語りはじめられるように、時間や場所を特定しない任意のゴシップであることを装おうとする点である。シェヘラザードがシャクリヤール王に語ったお伽話がそうだったように、相手の興味に応じて姿を変えつつ好奇をつなぎ、話し終わればすべてが消えている、その場かぎりの一過性の魅惑、これがおそらく〈ものがたり〉という言葉が醸《かも》す最も本質的なニュアンスであろう。したがって〈ものがたり〉は、事実や歴史を語ろうとする場合でも好奇を重んじ、絵空事めかして多くのゴシップを挿入したように思われる。

それにたいし中国の〈異記〉〈雑伝〉はどうだろう。〈記〉を書名にもつ中国の古典に『史記《しき》』(4)という歴史書があり、そこに都合六十九巻もの「列伝《れつでん》」が収められているように、漢語における〈記〉〈伝〉はまず何より〈事実の記録〉でなければならなかった。〈記録〉とはすなわち〈文字〉であり、

〈文字＝書かれたもの〉は同時に〈事実〉でもあったのだ。

「はじめに言葉ありき」とは〈天地創造〉にかかわる『聖書』の言葉だったが、『創世記』の冒頭には次のような記述がある。

初めに、神は天地を創造された。地は混沌《こんとん》であって、闇《やみ》が深淵《しんえん》の面《おもて》にあり、神の霊が水の面を動いていた。神は言われた。

「光あれ。」

こうして、光があった。神は光を見て、良しとされた。

天地が創造された闇の中で、神が「光あれ」という言葉を発すると、そこに光が生まれた、というのである。ここにおける〈言葉〉は常に神とともにあって、神がそれを発音すれば実在が生まれる、そうした〈現象のみなもと〉〈森羅万象の名前〉であったろう。「はじめに言葉ありき」という場合の〈言葉〉とは〈言語〉の意であり、〈文字〉の意ではなかった。『旧約聖書』においては〈文字〉についての言及はなく、有名な〈モーセの十戒《じっかい》〉にしても、『出エジプト記』はただ「神はこれらすべての言葉を告げられた」とか「主（神）はモーセにこう言われた」と記述するだけで、それがモーセひとりの耳に伝えられた、音声による〈言葉〉だったことを明瞭に語っているのである。『聖書』においては、神との契約にあってさえ〈文字〉は使われない。まして、〈天地創造〉に立ち会う栄誉が〈文字〉に与えられるはずはなかったが、しかるに中国においては、神話に登場して文明全体に決定的な影響を及ぼしたのは〈文字〉であって〈言語〉ではなかった。

『易経《えききょう》』「繫辞《けいじ》 下」に次のような記述がある。

むかし、聖王伏犧氏《ふくぎし》が天下に王として君臨したとき……八卦《はっか》（森羅万象の運行を象徴する八種の符号）を創造して、森羅万象《しんらばんしょう》の運行《うんこう》を判りやすく人びとに示した。……〈書契《しょけい》＝文字〉を創造し、役人たちが人びとを統治するのを可能にし、また、万民たちが道理を察知する便宜も図った。

伏犧《ふくぎ》は、その妻・女媧《じょか》とともに万物を生み、中華文明の開闢者《かいびゃくしゃ》として〈三皇五帝《さんこうごてい》〉のトップにすわる〈人首蛇身《じんしゅじゃしん》〉の聖王だった（［図6］［図7］参照）。その伏犧が天地を創造し〈人〉を作った際、あわせて〈八卦《はっか》〉と〈文字《もじ》〉とを生んで、それを〈人〉に授けた、というのが右の引用の内容である。中国においてはこのように、〈文字〉は聖王伏犧が人類に授けた神聖なる遺産であり、それ自体が〈絶大なる権威〉を体現するものだった。(5) したがって〈異記〉〈雑伝〉は、それが〈文字〉を用いた〈記録〉である以上、何らかの〈真実〉と結びつく〈実録〉としてしか書かれなかったし、読まれもしなかったのである。

［図6］「武氏祠　西壁画像石」（部分）
〈三皇五帝〉とは、中国文明を創始した神話上の聖王。伏犠氏、神農氏、黄帝・軒轅氏を〈三皇〉とし、少昊、顓頊、帝嚳、帝堯、帝舜を〈五帝〉とする。なお、本図の上段はこの〈三皇五帝〉を描いたもので、柱で区切られた十組は、右から〈伏犠と女媧〉〈祝融〉〈神農〉〈黄帝〉〈軒轅〉〈顓頊〉〈帝嚳〉〈帝堯〉〈帝舜〉〈夏桀〉。

［図7］「武氏祠　後壁画像石」（部分）
伏犠と女媧を描く。『白虎通』によれば、伏犠と女媧は兄と妹で、手に定規とコンパスをもって蛇尾交合し、天地を生んだという。

◈まだ見ぬ世界へ

では、中国の知識層に〈ものがたり〉を楽しむ感性はなかったのだろうか。人が集まればそこにさまざまな〈談話〉が生まれるのは洋の東西を問わず普遍的な現象であり、中国に〈ものがたり〉がなかったはずはない。たとえば、唐代伝奇小説の傑作、沈既済《しんきせい》の『任氏伝《じんしでん》』は、その〈あとがき〉において次のようにいう。

建中《けんちゅう》二年（七八一）、わたくし沈既済《しんきせい》は左拾遺《さしゅうい》から左遷《させん》され、金吾将軍《きんごしょうぐん》の裴冀《はいき》、京兆少尹《けいちょうしょういん》の孫成《そんせい》、戸部郎中《とぶろうちゅう》の崔需《さいじゅ》、右拾遺《うしゅうい》の陸淳《りくじゅん》たちとともに東南の方角に配置換《はいちが》えとなった。都《みやこ》のある秦《しん》から呉《ご》へと、水陸二路《すいりくにろ》を使って赴任していったのである。その時、前《さき》の拾遺《しゅうい》の朱放《しゅほう》も旅遊《りょゆう》を目的にわれらと同道した。潁水《えいすい》から淮河《わいが》へ、二隻《にせき》の舟が並んで流れを下り、昼は酒盛《さかも》り、夜は談話《だんわ》と、それぞれ珍しく不思議《ふしぎ》な事どもを語り合った。同道の諸子は任氏《じんし》の事跡を聞いて深く感じ入り、わたくしに、その事実を文字にして書きのこすよう要請した。そこで、わたくし沈既済がこの不思議な出来事を記述したのである。

このように、ひまな夜には中国の知識層も〈百物語〉よろしく〈炉辺《ろへん》の談話〉を楽しんだ。そこでは多くの〈ものがたり〉が紡がれ、その中のいくつかは、右の『任氏伝』がそうだったように、文名を有した知識層に取り上げられ、〈異記〉〈雑伝〉に姿を変えていったに違いない。ただし中国にあっては、〈口頭の談話〉はあくまで無学者の娯楽に過ぎず、知識層が血道《ちみち》を上げるべきものではなかった。どんなに珍奇で面白い話だったとしても、それだけの理由で彼らがそれを文字化して後世に残すことはしなかった。右の〈あとがき〉も「任氏の事跡を聞いて深く感じ入り」と述べるように、〈異記〉〈雑伝〉の記述者に必要だったのはおそらく、その事件が事実であるという確信と、〈実録〉として読み得る〈寓意〉だったのである。

また、異境や怪異を描く〈ものがたり〉は、時に、〈まだ見ぬ世界への憧れ〉や〈幸福な世界への郷愁〉のようなものを揺曳させることがあった。というよりむしろ、〈未知への憧憬〉や〈異境への郷愁〉は〈ものがたり文学〉を生む原動力のひとつだったに違いないが、中国における〈異記〉〈雑伝〉は、その原義が〈事実の記録〉であった以上、自身の任務に忠実であればあるほど、記述者たちは〈憧憬〉や〈郷愁〉をそこから排除せざるを得なかったといえるだろう。

『桃花源の記』を書いた陶淵明が『桃花源の詩』も併せて書き、彼のエピゴーネン（模倣者）たちが〈桃花源〉を主に詩歌によって描いたように、中国の才能ある記述者たちは〈まだ見ぬ世界への憧れ〉や〈幸福な世界への郷愁〉を、〈異記〉〈雑伝〉にではなく〈歌行〉や〈古詩〉といった韻文に託した。〈ものがたり世界への郷愁や憧れ〉を彼らが知らなかったわけではないのだが、ただ、〈ものがたり〉を成立させる文化的風土は中国にはなく、また、〈郷愁〉や〈憧憬〉といった〈未知への感情〉は韻文がこれを担ったため、中国の〈異記〉〈雑伝〉の多くは〈詩情〉に欠け、〈寓意〉ばかりが肥大した〈教訓〉に堕した面がなくはない。

ただし、そうした中国の文学史にあって、自身が見聞した〈幻想〉の中に得体の知れない力を感じ取り、その正体を求めて真剣に〈異聞〉を創造した稀有の〈実録〉も確かにあった。本書が紹介しようとするのは、〈寓意〉の背後にそうした幻視を内包させた〈異記〉〈雑伝〉の幾つか、といえようか。

【注】

(1)文体の一種で、駢文、駢儷文ともいう。四字句と六字句とを平仄を整えた対偶表現を用いて交互に連ねていく美文。

(2)陶淵明の『桃花源の詩』は、その第十三聯において「奇蹤、隠れること五百、一朝にして神界ひらく(その足跡がたどれなくなって五百年、ある日、突然、秘境への道が開かれたのだ)」という。

(3)「先生」はもちろんさまざまな人を指していう言葉であるが、『文選』巻二が収める張衡撰『西京賦』に附された李善注は「鄭玄の礼記注に、先生とは老人にして学を教えている者なりとあり」という。『五柳先生伝』にいう「先生」がこの意であることは明らかである。なお、鄭玄注にいう「学」とは『礼記』にいう「学」であり、すなわち「儒学」をいう。「儒学」は〈経世済民(世を治め民を救う)〉のための学問である。

(4)『史記』の最終巻「太史公自序」に「すべて百三十篇、五十二万六千五百字、太史公書となす」というように、『史記』ははじめ「太史公書」と称されたが、魏晋期に、史官の記録として『史記』の名に定められたという。

(5)後漢の文字学者・許慎は『説文解字』の中で「庖犧氏(すなわち伏犧)は天地鳥獣の姿を見て八卦を作り、黄帝の史官・倉頡《そうきつ》が鳥獣の足跡をまねてはじめて書契(文字)を作った。これによって帝王の教えを明らかにしたのである」と述べる。このように「書契は黄帝・軒轅《けんえん》氏の史官・倉頡が創始し、記録はここに始まる」とする説もあったが、ただしその場合でも、「文明の中核にあるのは言語ではなく文字であり、その文字は聖王によってもたらされた神話的なシンボルである」とする中国文明の姿勢に変わりはない。

第一章

君臣たちの楽園

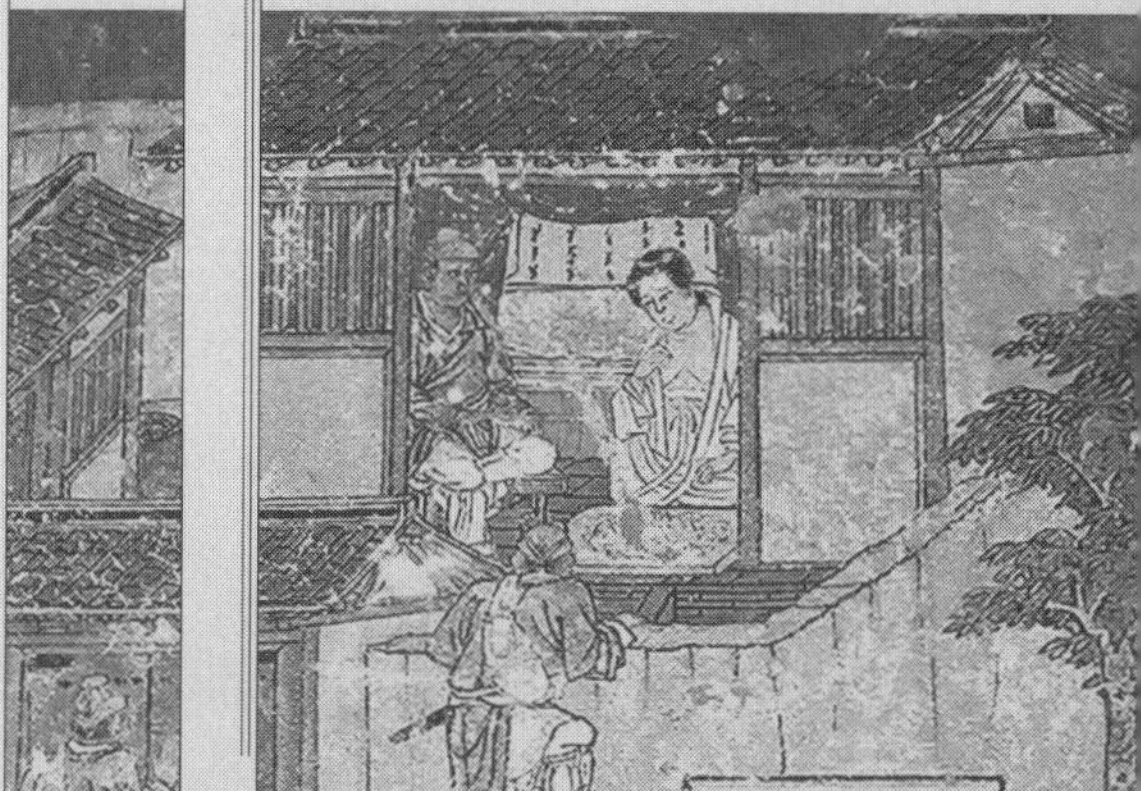

一――中国の〈楽園《パラダイス》〉

イングランドのトマス・モアが十六世紀初頭に書いた『ユートピア』は、〈ユートピア〉という表題とは裏腹に（〈ユートピア〉とは〈どこにも存在しないよい所〉の意だという）、現実の改良を目指した、人類に達成可能な〈理想社会〉の一種を提示した著述だった。トマス・モアは、この世には存在しない空想上の楽園《パラダイス》や王国をイメージして、ファンタジーとして『ユートピア』を書いたのではない。彼は、現実にある貧困や不平等、道徳的な堕落が解消された世界をイメージし、そこに向かう道標のひとつとして『ユートピア』を示したのであって、ガリヴァーが訪れた〈リリパット〉や〈ラピュタ〉のような、この世には存在しない空想上の異世界を想像してみたのではなかった。『ユートピア』は〈楽園〉ではなく〈理想の国家〉を書いたものだったが、その類比でいえば、陶淵明が描いた〈桃花源〉はまさしく〈ユートピア〉であり、それにたいし、唐代文学がそのエピゴーネンとして生み出していったさまざまな異世界は、そのほとんどが空想上の〈パラダイス〉だったといえるだろう。

〈理想の国家〉でも〈楽園〉でもいい、〈異世界への憧憬〉は常に、人類の置かれた〈状況〉への〈異議申し立て〉を含み、同時に、〈そこからの脱出〉を何がしか希求するものであったろう。陶淵明は〈桃花源〉に〈王税〉のない世界を夢想した。とすれば彼は、〈税制に象徴される王の支配〉に最も深刻な重圧を感じていたことになるだろうが、では、唐代の文人たちは〈桃源郷〉にいかなる理想を託し、どのような現実からの逃避を希求していたのだろう。

次に示すのは、『太平広記』巻三八三「再生《さいせい》 九」に収められる『古元之《こげんし》』という文章である。『太平広記』は「『玄怪記』に出ず」というが、『玄怪記』という小説集は書録等に著録がないからおそらく『玄怪録《げんかいろく》』の誤りであろう。とすれば、中唐の有名な政治家・牛僧孺《ぎゅうそうじゅ》（七八〇―八四八）が書いた〈異記〉〈雑伝〉のひとつということになる。〈楽園〉を訪ねた見聞記の体裁をとり、唐代の文人たちが夢想した理想郷の背後にいかなる現実が横たわっていたかを知る格好の材料となっている。

なお、牛僧孺は、日本では芥川龍之介の翻案小説『杜子春《とししゅん》』の原作者としても知られる。憲宗《けんそう》朝のはじめに官界に登場し、宰相や節度使を歴任して朝廷に永く影響力を保ちつづけ、いわゆる〈牛李《ぎゅうり》の党争〉の一方の領袖として唐王朝の行方を決定づけた人物の一人である（〈牛李の党争〉の〈牛李〉とは牛僧孺と李徳裕とをいう）。『玄怪録』がいつごろ編纂されたか定かではないが、私見では、牛僧孺の為人《ひととなり》や政治理念が色濃く投影された唐代屈指の寓話集である。『玄怪録』は今日、明代の書林《しょりん》・松渓陳応翔《しょうけいちんおうしょう》が刻した四巻本『幽怪録《ゆうかいろく》』[1]と、同じく明代の書林・稽古《けいこ》堂高承埏《どうこうしょうえん》が刻した十一巻本『玄怪録』の二種が残されているが、いずれも明代の民間書肆《しょし》が適当にでっち上げた輯本《しゅうほん》だと思われるので、本書では時にこれらに言及はするものの、テクストとしては採用しないことにした。

『古元之』は次のように始まる。

北魏《ほくぎ》の尚書令《しょうしょれい》・古弼《こひつ》の甥に古元之というものがいて、若い頃、古弼の家で育った。酒が好きで、それがもとで死んでしまった。古弼は特別あわれに思い、死して三日後、葬儀を終えて最後の別れをしようと棺桶《かんおけ》の封《ふう》を切って蓋《ふた》を開けさせたところ、古元之は生き返っていたのである。そこで古元之がいうには

「私は酒に酔って、突然、朦朧《もうろう》と夢の中のようになった。と、私に冷水《れいすい》をかける人がいて、仰《あお》ぎ見れば、立派な衣冠に紅い裳裾《もすそ》を着け、うつくしい打《う》ち掛《か》けをまとった神のような峻厳《しゅんげん》な表情の人がいる、私の方を向いて、

——わしは古説《こえつ》というもので、お前の遠い祖先じゃ。和神国《わしんこく》に往《ゆ》くところじゃが、供をして荷物を担《かつ》ぐものがおらんので、お前を呼びに来た。——

という。一鈞《いちきん》（約八キログラム）もあろうかという大袋《おおふくろ》を背負《せお》わせると、一丈二尺《いちじょうにしゃく》（約四メートル）もありそうな一本の竹杖《ちくじょう》を私に与え、それに乗ってついて来いという。私が跨《また》ると、空中に浮きあがり、西南の方へ、非常に早く飛翔する。どれほどの距離を飛んだかは判らぬ

が、山を越え河《かわ》を越えてたちまちに地上に降りたった。するとそこはもう和神国だった。」

最初に登場する「北魏の尚書令・古弼」とは、五世紀の初頭から中葉にかけて、北魏がしだいに強大化して華北統一を果たした時期に明元帝《めいげんてい》や太武帝《たいぶてい》に仕えた実在の人物。彼は「国の宝」と称されながら、文成帝が即位した折に張黎《ちょうれい》とともに処刑された非命の将軍である。(2) 一方、古元之や古説は史書にその名が見えず、また、本作が牛僧孺の創作によるものか、それとも何らかの伝聞に基づくものなのか、それも明らかではない。したがって、本作と〈実在した古弼〉との関係も明らかでないのだが、ただ本篇は、古弼の甥の古元之を主人公とし、彼が死んでこの世を離れ、素性の知れぬ遠祖・古説に連れられて和神国なる王国を訪ねる見聞記であり、また、その古元之が蘇生してこの世に戻ってくるところで物語は終わっている。本篇の内容それ自体は古弼といっさい関わりをもたないばかりか、主人公が探訪する異世界は洛陽から西南方向に飛翔した死後の世界である。仏教説話によくある〈諸城歴訪譚〉(3)に近似した語り口と味わいを本作はもつ。その意味では、『古元之』は、過去の有名人に名を借りた一種のパロディーなのかもしれない。〈古元之〉や〈古説〉といった人名は、「古《いにしえ》は之《これ》に元《もと》づく」とか「古《いにしえ》の説《おしえ》」といった洒落と考えるのが妥当なのではあるまいか。

さて、和神国とはどんな国だろう、古元之の言を聞いてみよう。

この国には高く大きな山はない。高さは数十丈（数十メートル）に過ぎず、みな碧玉《へきぎょく》や宝玉《ほうぎょく》が積み重なってできている。岩と岩の間には青々とした修竹《しゅうちく》や美しい花木《かぼく》・果樹《かじゅ》、やわらかな草や香り高い植物が育ち、鳥たちが啄《ついば》むのに丁度いい。山の頂はみな砥石《といし》のように四角《しかく》く平《たい》らになっていて、清らかな泉が二三百もの筋になって湧《わ》き出し、流れている。

原野《げんや》に平凡な樹《き》はなく、みな果実のなる樹か、サンザシやザクロの類《たぐい》である。どの樹もどの樹も花と葉とが一緒に着いており、真紅《まっか》な実が緑の葉蔭《はかげ》に見え隠れしながら、一年中、変りなく樹々を満たしている。ただ、一年に一度、花や実が生え変わり新芽《しんめ》も出る。だが、人がそれを悟ることはない。

畑には大きな瓜《うり》のようなものが生えており、中に五穀《ごこく》が詰《つ》まっている。香り高く美味《びみ》なることは中国のそれの比ではない。人はその瓜をそのまま収穫すればよく、耕作の必要はない。原野や湿原に植物は繁茂《はんも》するが、くまつづらのような悪臭を放つ草はない。一年に一度、樹木の枝や幹に五色の糸《いと》や綿《わた》が生《は》え、人は色ごとに収穫し、思い通りに織《お》りなして錦《にしき》や絹《きぬ》に変える。養蚕《ようさん》や機織《はたお》りの必要はないのである。

一年は、四季を通じて明るく温暖で、中国の二三月のようである。蚊《か》・虻《あぶ》・蟆《がま》・蟻《あり》・蝨《しらみ》・蜂《はち》・蝎《さそり》・蛇《へび》・虺《まむし》・守宮《やもり》・蜈《むかで》・蚣《いなご》・蛛《くも》・蠓《ぬかか》（雨の後に靄のようにかかる蚊より小さい虫）といった虫類《むしるい》はおらず、また、梟《ふくろう》・鵄《とび》・鴉《からす》・鷂《はいたか》・鴝鵒《きゅうかんちょう》・蝙蝠《こうもり》といった禽類《きんるい》もおらず、虎《とら》・狼《おおかみ》・豺《やまいぬ》・豹《ひょう》・狐《きつ》狸《ね》・駁駮《ばくこう》（馬に似て、虎や彪を食らうという空想上の猛獣）といった獣《けもの》もいなければ、猫《ねこ》・鼠《ねずみ》・猪《ぶた》・犬《いぬ》などのわずらいもない。

古元之の「和神国見聞録」は〈山〉の叙述にはじまり、〈河川〉〈原野〉〈草木〉〈物産〉〈暦候〉と進んで〈鳥獣〉に至る。中国の「地理書《ちりしょ》」や「類書《るいしょ》」によくある展開ではあるが、その中身はまるで異なり、険峻な山も激流もこの国にはなく、猛暑や厳寒もない。和神国には人に苦難を与えるような過酷なものは一切なく、温暖な日々が続いて、原野はいつも穀類や果実を育む。大自然は人びとが快適に暮らせるように始めから改造されているのであり、山河全体はまるでコンビニのように物資を常に提供してくれる。人びとは、生きるために労働する必要はなく、また、大自然の驚異とたたかう必要もない。この国はまさしく〈楽園〉であって〈ユートピア〉ではない。

なお、右の末尾にいう「猫《ねこ》・鼠《ねずみ》・猪《ぶた》・犬《いぬ》などのわずらいもない」(4)の原文は「又《さら》に猫・鼠・猪・犬の擾害の類なし」という。「擾害」とは「騒ぎ、騒動」の意で、それら小動物が人にもたらす面倒をいう。害虫や鼠がいなければ猫や犬などを飼う必要もあるまいが、この部分の記述は単にそうした家畜を飼う面倒をいうのみならず、おそらくは、この国が〈肉食〉をしない〈清浄の境域〉であることをいうものと思われる。和神国の背後には極楽浄土や神仙界といった宗教世界の遺響があるように思われる。

さて、山野の描写の次は、そこに暮らす人びとである。

そこに住む人たちは、身長《しんちょう》、美醜《びしゅう》、賢愚《けんぐ》はみな一様で、愛憎《あいぞう》や好み、欲望《よくぼう》をもたない。すべての人が二男二女をもうけ、隣どうしで代々結婚する。女は十六歳で髪上《かみあ》げをすれば嫁《とつ》ぎ、男は二十で妻をめとる。人の寿命は百二十歳で、夭折《ようせつ》もなければ病気《びょうき》もないから不倶者《ふぐしゃ》もいない。百歳まで、ひとはみな何でも記憶しているが、百歳をすぎると自分が何歳かも判らなくなり、寿命が来るとフッといなくなってしまう。子や孫、親戚一同もその人のことを忘れてしまい、だから悲しみもない。

和神国には、人に賢愚・美醜はなく、身長も一様で差別や愛憎、欲望もない。同質の世界なのである。神仙界のように生も死もない世界かと思いきや、和神国はやはり人境なのであって、すべての人の寿命が百二十歳と決まった有限の世界だった。いわゆる〈生老病死〉（人が一生のうちに受ける四つの苦しみ。生まれること、年をとること、病気になること、死ぬことをいう）の苦悩からすべての人が平等に解放されてあるべく、この世界にあっては住民すべての肉体や生理は改造されていて、人は百歳を迎えると自然と忘却装置が動きだし、それまでのすべてを忘れてやがては死去して消えてしまう。周囲の人たちもその人のことを忘れてしまうから、心配も悲しみもない。近未来を描いたSF小説を読むような感覚にとらわれる部分であるが、ただひとつ、出産や育児の苦労や困難について書かれていない点は注意しておく必要があるだろう。

和神国においては、女性は十六歳で近隣の男性と結婚し、二男二女をもうける。夭折も病もない均一な世界なのだから、この国で二男二女を生むのは必ずや一人の妻だったに違いないが、にもかかわらず右の叙述は、一人の女性が担うはずの〈十月懐胎《とつきかいたい》〉(女性の妊娠の苦しみをいう仏教語)の苦痛や出産にともなう危険について、何の解消法も示されていない。たとえば「赤ん坊はコウノトリが運んでくる」とか「白菜の中から人は生まれる」というのであればそれでも構わない、「夭折もなければ病気もない」と述べて出産の難事に及ばないのであれば、〈十月懐胎〉に替わる何らかの増殖法が提示されてしかるべきであろう。この作品が書かれた隋唐の頃というのは、民間にあっては『父母恩重経《ぶもおんじゅうきょう》』が普及し、朝廷にあっては則天武后《そくてんぶこう》が出現して〈母儀《ぼぎ》の発揚《はつよう》〉を主張するなど、中国史の中でも特に〈母の立場〉があれこれ取り沙汰された時代だったように思われる。そうした時代にあって、〈肉体や生理の改造〉を発想する作品を書きながら、しかもなお出産にともなうリスクに無頓着だったとすれば、作者は、女性の肉体によほど無関心な幼児のような心性のもち主か、ないしは、女性を人とも思わない男性至上主義者のどちらかだったろう。この作者にとって女性の肉体的苦痛は、関心の埒外《らちがい》にしかなかったのである(［図8］［図9］参照)。

さて、和神国の人たちはどのような日常を送ったのだろう。

彼等は毎日、昼時に一度食事をし、その際に一緒に食べるのは酒類と果実だけである。食事をしても排泄することはないから、便所《べんじょ》もない。個人所有の食糧やそれを貯《た》めておく倉《くら》、余剰《よじょう》の穀類やそれを寝《ね》かせておく空地《あきち》はなく、必要なものがあればもって帰ればそれでいい。農園に水を引いて野菜を栽培する必要もなく、野《の》の草はみな食べられる。十畝《じっぽ》につき一つの酒泉《しゅせん》があり、味は甘く美味《おい》しい。和神国の人びとは毎日あい携《たずさ》えて遊覧し、詩歌を歌《うた》い詠《よ》み、うっとりと酒に酔って、日が暮れると解散する。酔って寝てしまうようなものはいないのである。

冒頭にいう「昼時に一度食事をし、その際に一緒に食べるのは酒類と果実だけである」は、原文は「毎日、午時《ごじ》に一食《いっしょく》す、中間《ちゅうかん》、唯《た》だ酒漿《しゅしょう》・果実《かじつ》を食《しょく》すのみ」といい、そこにいう「中間」は「午時の一食の間」、「酒漿果実」は「酒と果実」の意。後文にいう「私積《しせき》（私的な蓄財）」「囷倉《きんそう》（穀類の倉庫）」「余糧《よりょう》（余剰の穀類）」「棲畝《せいほ》（あまった穀類を寝かせておく畦）」はすべて穀類の倉庫をいい、また、「蔬《そ》」は〈野菜〉、「野菜《やさい》」は〈食べることのできる野《の》の草〉の意で、「園《えん》」は果樹園。すべて植物関係の言葉であって肉類を含まない。和神国の人びとはやはり肉食をしないのである。「昼時《ひるどき》に一度食事をする」という一句は和神国の質素と禁欲をいうものであろう。

和神国の人びとは、生存のための労働から解放された人たちである。彼等には、トマス・モアや陶淵明がいだいたような、労働それ自体を美徳とする観念はない。食事が終われば、なすべき任務もなく義務も負わないから、すべての時間はただ娯楽のために費やされる。だが、和神国にあっては、娯楽は「あい携えて遊覧し、詩歌を歌い詠んで、うっとりと酒に酔う」こと以外に何の記述もない。険峻な山や広大な山野・河川もなく、猛禽も猛獣もいないから、武人が愛するよう

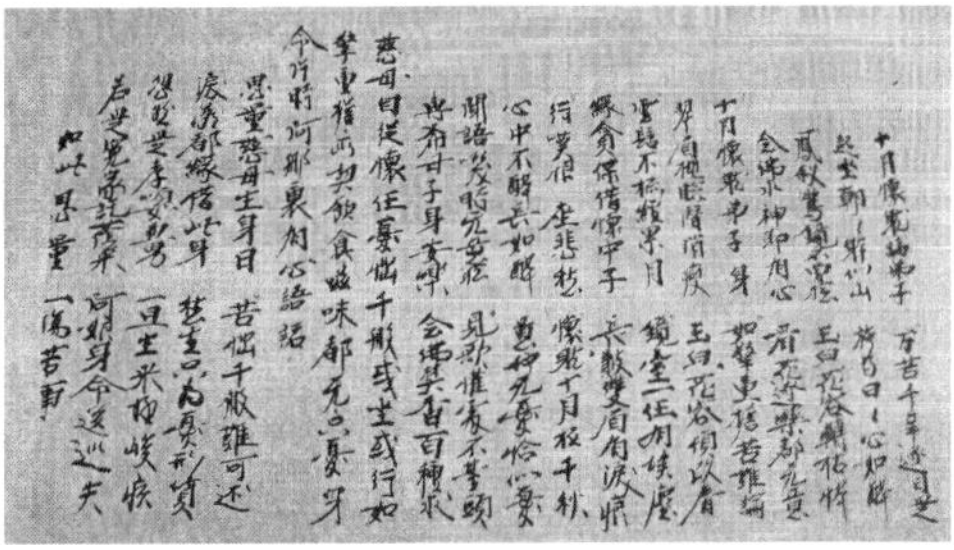

［図8］『父母恩重経講経文』(部分)

母親がいかに苦労をして子供を生み育てるかを縷々説いた仏教系の偽経。〈変文〉のような唱導芸能とともに形成されたと推測され、七言詩を中心とする通俗的な文体の中で、子を思う親の気持ちが母親の立場からくどくどと唄われる。女性の救済を目的にした〈説経〉の一種だったのだろう。上記〈十月懐胎〉も『父母恩重経』の中の言葉で、図版の講経文にあっても、一行目と五行目に「十月懐耽」とある。

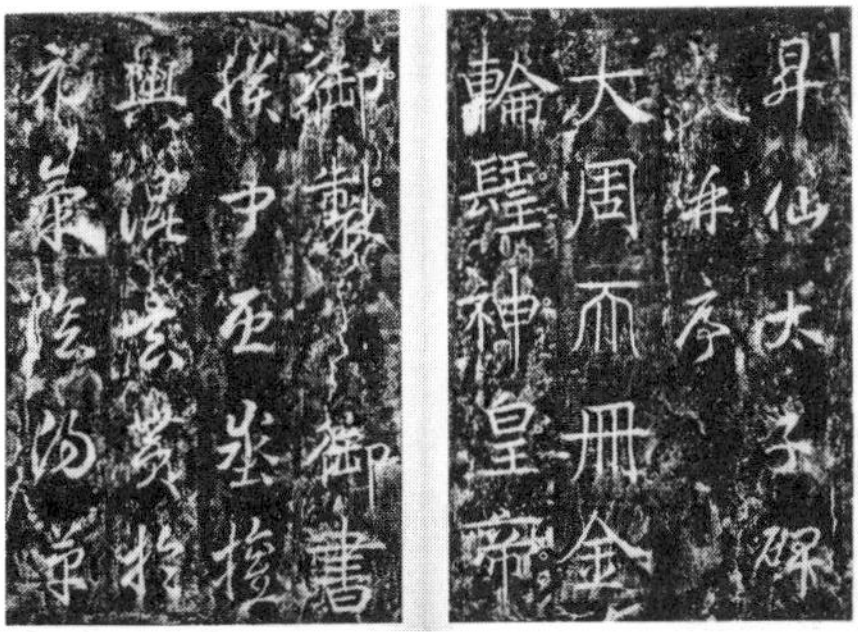

［図9］則天武后御製『昇仙太子碑』拓片

「母儀」とは〈母としての格式〉の意。主に「国家の母親たる皇后」を指していう言葉。伝統的な儒教観念にあっては、「帝王は、天(陽)を父とし地(陰)を母として生まれ、天子(天の子)と呼ばれる」と考えられたが、皇后についてはこれと同等の理論づけはなされず、帝王の実母がただ「国母」と呼ばれるだけだった。これにたいし則天武后は、「天下は陰と陽があってはじめて正しく運行する、〈陽〉に当たる皇帝のみならず、〈陰〉に当たる皇后も正当に扱われなければならない」として、国家祭祀のさまざまな局面において〈天帝〉たる男神と〈地母〉たる女神を祭らせ、また、皇帝が天下の父なら皇后も天下の母であるべきだと主張した。〈昇仙太子〉を嵩山に祀る以前に、「母儀」として〈啓母〉と〈少姨〉を武后は祀っていた。

な巻狩《まきがり》や鷹狩《たかがり》はなく、また、ローマ人が愛するような格闘も闘牛もない。中国の文人が愛した遊覧や管絃の楽しみがあるだけなのである。

和神国は私有財産を否定した平等な社会ではあったが、ただ、身分と支配はあった。主人の用命を知っていて、申し付ける必要がない。人ごとに召し使うものたちがいて、それら婢僕《ひぼく》はみな慎《つつし》みがあり、はたらきものである。人びとは自由に家屋《かおく》を造《つく》り、どの家もみな壮麗である。

和神国においては、家畜《かちく》は馬《うま》がいるだけである。みな人に馴《な》れていて、足《あし》が速《はや》く、秣《まぐさ》をやる必要もない。自分で勝手に野《の》の草を食べ、穀類《こくるい》の貯積場《ちょせきじょう》に近づくこともないのである。馬を必要とするときに乗って、用がすめば放置しておけば済《す》む。見張《みは》り番《ばん》を置く必要もない。

和神国においては、あらゆる役職がみな揃《そろ》ってはいるが、官僚たちは、自分が仕事をしているとは思っていない。部下たちと一緒に仕事をして、彼らを裁《さば》かなければならなくなるようなそんな職務はこの国にはないからである。君主も同様で、君主はいるが自身が君主であることを知らない。官僚たちにまじって昇進《しょうしん》や左遷《させん》を決めなければならなくなるようなそんな職務はこの国にはないからである。

和神国においては、また、迅雷《じんらい》や暴風雨《ぼうふうう》もない。風は、日光のように常に温《あたた》かに柔らかく吹き、はげしく吹き荒れて樹の枝を吹き飛ばすことはない。雨は十日に一度降り、降るのは

［図10］山西省高平開化寺宋代壁画

［図11］山西省芮城永楽宮純陽殿元代壁画

伝統中国にあっては、女性は坐したまま出産するのが一般的で、これを〈坐産〉といった。［図10］は『報恩経』にある「華色比丘尼」の物語を描く。家屋の中に坐す女性はいま出産を終えたところ。目の前には夫に殺された嬰児が横たわっている。また、［図11］は呂洞賓の出生の場面を描き、奥の椅子に坐しているのが出産を終えた母親。赤ん坊は産婆によって産湯を浴びている。

必ず夜である。万物を潤《うるお》すように穏《おだ》やかに降り、洪水《こうずい》になることはない。
この国の人たちは、みな、たがいに親しみ、親類《しんるい》・縁者《えんじゃ》のようである。どの人もみな聡明で、売《う》り買《か》いや商売をするものはない。利益を求めていないからである。

和神国においては、食料や衣類は原野が産するものをそのまま用いればいい。学校で教える社会科にいう第一次産業はないのである。また、第二次産業についても、右の引用の末尾に「どの人もみな聡明で、売り買いや商売をするものはない。利益を求めていないからである」といい、これもなかったことになる。中国が古くからいい慣わした「士農工商《しのうこうしょう》」でいえば、第一次産業は〈農〉、第二次産業は〈工〉〈商〉に当たるだろうから、和神国にはいわゆる〈民《たみ》〉に当たる〈農〉〈工〉〈商〉はおらず、ただ〈士〉と、〈四民《しみん》〉には属さない〈賤民《せんみん》〉とがいただけなのである。冒頭にいう「人ごとに召し使うものたちがいて、それら婢僕はみな慎みがあり、はたらきものである」という一文は、原文は「人人《ひとごと》に婢僕《ひぼく》有《あ》り、皆《み》な自然《おのず》から謹慎《きんしん》たり」。ここにいう「婢僕」は〈四民〉の外側にいる〈賤民〉をいい、「人人（どの人も）」とは、結果的には〈士〉に属する人たちしかいないことになる。和神国には私有財産はなく、また〈四民〉の区別もない平等な社会かと思いきや、平民に当たる一般人がいないだけのいびつな空洞社会であり、労働を知らない〈士人《しじん》〉のために「婢僕」が〈賤役《せんえき》〉に従事する超格差社会だったといえるだろう。「婢僕」はおそらく、主家の家事労働を担ったのであり、右の引用で「婢僕」の次に語られる〈六畜《ろくちく》〉と同様、人としての扱いは受けていなかったと思われる。

〈四民制〉における〈士〉とは、元来、〈君主〉に替わって〈文字《もじ》〉を操り、〈農〉〈工〉〈商〉を管理して〈王税〉を徴収する人たちである。一方の〈賤民〉は、売買されて〈賤役〉に就きはするものの、〈民〉ではないから〈人としての義務〉もなく、〈王税〉を納める義務も負わない人たちだった。中国の古典的な観念にしたがって考えるなら、和神国には納税義務を負う〈農〉〈工〉〈商〉に当たる〈民〉がいない。したがって、徴税業務は発生するはずはなく、〈役所〉や〈役人〉も不必要だったはずだが、にもかかわらずこの国には「千官」と「君主」が備わり、仕事はないのに身分だけがあって、人びとを管理し支配する体制だけが整っていたことになる。

すでに述べたように、陶淵明は、すべての人びとが均等に労働して〈王税〉も〈身分〉もない、そうした理想の〈境域〉を『桃花源の詩』の中で詠じていた。彼は『勧農《かんのう》』（『陶淵明集』巻一所収）という詩を書いて、「民《たみ》の生活は勤勉に働くことにある（原文は「民生は勤に在り（民生在勤）」）」といい、「孔《こう》子《し》は道徳《どうとく》に夢中《むちゅう》で、農業を学んだ樊須《はんしゅ》を卑《いや》しんだ（原文は「孔子は道徳に耽り、樊須を是れ鄙《いや》しとす（孔子耽道徳、樊須是鄙）」）」とも述べていた。すなわち、「民の暮らしは労働にあるのに、孔子は〈道の追及〉ばかりに耽って、農業を学ぼうとした樊須のことさえ下賤なやつだとばかにした」というのである。陶淵明は、〈聖人〉とされる孔子をも時に批判するほどに、〈人びとの生活〉については先鋭な意識をもった。彼は、労働こそが人間の根本だと考え、〈読書〉を旨とする知識層さえ徒食者として時にこれを排除したのである。

それにたいし和神国は、第一次産業や第二次産業はなく〈排泄〉もない、労働や災害、〈生老病死〉の苦しみからも解放された〈無憂の境域〉だった。和神国はまさしく〈夢の楽園〉ではあったが、ただし、その〈楽園〉は人類全体にたいし開かれているのではなく、ただ知識層にたいしてのみ開かれた王国だった。『古元之』という作品の行間に揺曳しているのは陶淵明が醸したような〈古代への憧れ〉ではなく、〈支配〉の側に立つ選良意識だったといえるだろう。『古元之』の作者が「楽園にも〈支配〉は必要だ」と確信犯的に考えていたとは筆者も考えない。だが、彼の発想の根底にあるのは〈理想社会の実現〉ではなく、おそらく〈理想的な統治の実現〉だった。彼は、ひとりの生活者として和神国を発想しているのではなく、為政者として〈理想の王国〉をイメージしているのである。

陶淵明が描いた〈桃花源〉も和神国も、儒学の経典が描く聖王の古代社会に発想の原点はある。たとえば『詩経《しきょう》』「大雅《たいが》」「蕩《とう》の什《じゅう》」「烝民《じょうみん》」は「天《てん》　烝民《じょうみん》を生《しょう》ず（「烝」は「もろもろの」「多くの」の意、「烝民」で「庶民」の意）　物《もの》有《あ》れば則《のり》有《あ》り」といい、白川静氏はこれを次のように訳された（『詩経雅頌』2 平凡社「東洋文庫」）。

神が　人を生みたまうた　存在するものにはその法則がある

ここにいう「法則」とは、中国の古典的な用語でこれを言い換えれば「三綱《さんこう》五常《ごじょう》」となり、より具体的には、親子・君臣・夫婦の人間関係（三綱）と、仁・義・礼・智・信の倫理観（五常）とをいう。「天《てん》 烝民《じょうみん》を生《しょう》ず　物《もの》有《あ》れば則《のり》有《あ》り」とは、すなわち「神が人を生み出した以上、神が人間に与えた親子・君臣・夫婦の人倫は所与の法則として人を規定する」の意であり、もっと端的にいえば、「親がいなければ子は生まれないように、人には必ず君主と配偶者が必要である」というに等しい。つまり、集団があればそこに〈君主〉がいるのは人間存在の必定である、と述べるのである。

陶淵明は生活者として『桃花源の記』を書き、〈王税〉の不平等を〈桃花源〉から排除した。だが『古元之』の作者は、ひとりの為政者として〈無為の統治〉をイメージし、それにしたがって和神国を構成したと思われる。そこには労働はなく、〈生老病死〉の苦しみもない。〈民〉に営利や争いがないから「千官」に仕事はなく、「千官」に仕事がないから「君主」にも仕事はない。和神国は〈無為〉にして治まるまさしく〈理想の王国〉だったが、ただしこの国は、個人の幸福を希求して発想されたものではなかったから、必然的に〈個別の人生〉も存在しなかった。この国が実現したのは〈理想の人生〉であるよりはむしろ〈究極の支配〉だったのである。

『古元之』は次のように結ばれる。

古説《こえつ》は、和神国《わしんこく》に着くと、ふり返って、古元之《こげんし》に云うのだった、

——どうじゃ、これが和神国よ。神仙界ではないが、人びとの暮らしや気風は最高じゃて。お前は国へ帰って、世の人びとにこのことを話すがよい。わしは、もうこの国に着

いたからには、ここで人を捜して荷物を担がせるとしよう。お前は用済《ようず》みじゃ。――そこで、酒を古元之にご馳走《ちそう》して、杯が何度か行き来すると、古元之はすっかり酔っぱらって寝てしまった。目が覚めると、生き返っていたのである。

こののち古元之は人の世に興味を失い、役人になりたいとも思わなくなった。山水を遍歴し、みずから知和子《ちわし》と号した。どこでどうしているのか、行方知《ゆくえし》れずになったという。

〔『玄怪記』に出る〕

二――耳の中の異境

唐代の文人たちが山海の絶域に〈神仙界〉をイメージしたのは、現実の世界にあるさまざまな拘束から逃れてあることを希求したからでは必ずしもなかった。彼らは確かに、老いや病苦、争乱から解放されてあることを夢見たが、〈無憂の王国〉を成り立たせる聖王の君臨はこれを積極的に支持し、それがもたらす倫理的・制度的な拘束も、これを拒否することはなかったのである。

牛僧孺の『古元之』は、彼がイメージする人間の理想的な状況が環境と生理の両面にわたって展開された中国版『ガリヴァー旅行記』である。ただ、そこにあるのは楽園の骨子だけで、制度や日常の具体ではない。また、文学として読むにはあまりに単調で、奥行きや面白みにも欠けている。私自身はこの作品を非常に面白く読みはしたが、それは、人間の肉体や山河といった自然の所与さえも〈政治〉の都合に合わせて改造してしまおうとする旺盛な征服欲がこの作品に見られるからであって、〈ものがたり〉としての面白さが横溢しているからではなかった。

牛僧孺の作品にはもう一つ、枠物語《わくものがたり》の形体をとりながら楽園探訪を描いたと思われる『張佐《ちょうさ》』（『太平広記』巻八三「異人 三」所収）という作品がある。この『張佐』はなかなかの傑作なので、次にこれを紹介してみよう。前後二段に分けて紹介する。

開元年間《かいげん》（七一三―七四一）、先朝《せんちょう》（「先代の皇帝の世」の意）の進士の張佐《ちょうさ》が私の叔父《おじ》に語ったはなしである：

若い頃、私は長安《ちょうあん》の南の鄠杜《こと》に宿《やど》ったことがある。田舎路《いなかみち》を旅していると、黒いロバで四《よっ》つの足先《あしさき》だけが白いやつに乗って、腰《こし》に鹿革《しかがわ》の袋《ふくろ》をぶらさげ、ツヤツヤと不思議な笑みを浮かべた老人と出会った。この爺《じい》さんは横道《よこみち》から通りに入ってきたのだが、私は非常に奇異に感じて、どこから来たか訊《き》いてみた。爺《じい》さんはただ笑って答えない。しつこく聞くと爺《じい》さんは急に怒《おこ》り出して、

――やい若造《わかぞう》、なんと厚《あつ》かましい。俺《おれ》が墓泥棒《はかどろぼう》だとでもいうのか。しつこくしやがって。――

という。私はへりくだって

――ご坊《ぼう》*1のお噂はかねがね聞き及んでおりました。お側に置いていただければ結構です、お気に障《さわ》ればご勘弁《かんべん》を。――

と詫《わ》びると、爺《じい》さんは

――そなたに教えるような術などもたぬ。ただ長生《ながい》きをしておるだけじゃ。わしが老《お》いぼれておるのを見て、中途で長生《ちょうせい》の術を諦《あきら》めたことを笑いに来たのじゃろう。――

と、ロバに鞭《むち》をあて、そそくさと行ってしまう。私もあわてて追いかけ、同じ宿に入った。

爺《じい》さんは鹿革《しかがわ》の袋を枕にして寝ているが、熟睡はしていない。私は疲労困憊《ひろうこんぱい》していたこともあって、酒を取り出し飲もうと思った。爺《じい》さんの側に行って、

——一人で飲んでも詰《つ》まりませぬ。ご一緒いただければ幸いです。——

というと、爺《じい》さんは飛び起きて、

——わしの大好物じゃ。そちは気が利くのう。——

という。飲み終わって、ご満悦《まんえつ》の様子を見計《みはか》らい、私がおもむろに

——小生は浅学《せんがく》の身、ご坊《ぼう》にお言葉をいただければ他《ほか》に願いはありませぬ。——

というと、爺《じい》さんは

——わしが直《じか》に見聞したのは南朝《なんちょう》の梁《りょう》・陳《ちん》から隋《ずい》、唐《とう》のことだけじゃ。その間《かん》の賢愚《けんぐ》・治乱《ちらん》にかかわるさまざまの事跡はすでに歴史書に書かれておるが、頼みとあらば、わしが世にも奇妙と思った出来事《できごと》を話して進《しん》ぜよう。——

と前置《まえお》きして、次のように語るのだった。

——わしは、宇文氏《うぶんし》が治めた北周《ほくしゅう》(五五七—五八一)のころ、岐山《きざん》(陝西省宝鶏市鳳翔)に住んでおった。扶風《ふふう》(陝西省宝鶏市扶風)の生まれで、姓は申《しん》、名は宗《そう》といったが、北朝《ほくちょう》・斉《せい》の始祖《しそ》・高歓《こうかん》どの(四九六—五四七)が大好《だいす》きで、それで名を歓《かん》と改めた。十八の時に、西魏《せいぎ》の将軍・燕《えん》公《こう》・于謹《うきん》どのにしたがって南朝《なんちょう》を攻め、(五五四年に)梁《りょう》の元帝《げんてい》を征伐して江陵《こうりょう》を陥落《かんらく》させ、大

将軍どのは兵を返されてしまわれた。わしは、二人の小間使《こまづか》いが夢に現れ「呂走《りょそう》は夭《わかじに》の年、人《ひと》、主《しゅ》に向《むか》わば、寿《いのちなが》し」というのを聞き、目覚めてから江陵《こうりょう》の市場《いちば》に夢占《ゆめうらな》いを訪ねたところ、

『〈呂走《りょそう》〉とは、呂《りょ》と走《そう》を足《た》して一《ひと》つの字《じ》にせよということで、すなわち廻の字＊2。〈人《ひと》が主《しゅ》に向《むか》う〉とは、これも一つの字にすれば住の字になって＊3、すなわち、住《す》めば長生《ながい》きをする、ということではあるまいか』。

というので、兵を留めて江陵《こうりょう》に駐屯《ちゅうとん》しようと思い、そのことを校尉《こうい》の拓跋烈《たくばつれつ》に申し述べたところ、「では、そうせよ」ということであった。そこでまた夢占《ゆめうらな》いを訪ね、「〈江陵《こうりょう》に住め〉という夢占《ゆめうらな》いは当たっていたぞ。今度は〈寿《いのちなが》し〉の番だ。長生《ちょうせい》の術はあるのか」と訊ねたところ、夢占《ゆめうらな》いは次のように述べたのじゃ。

＊1―原文では、張佐は老人を「先生」と呼んでいる。ここにいう「先生」は道教の修行者を指す。道教の修行者を指す言葉は日本語にはないので、とりあえず「ご坊」と訳した。

＊2―呂は大小二つの口からなり、すなわち回。走は、これを偏旁に変えれば、すなわち〈しんにょう〉になる。

＊3―「人」は偏旁にすれば〈にんべん〉。「人」と「主」を向かい合わせれば、すなわち「住」になる。

本篇は、『太平広記』巻八三「異人《いじん》 三」がこれを『張佐』と題して収録し、明代の書林《しょりん》・松渓陳応《しょうけいちんおう》

翔《しょう》刻本『幽怪録』巻二と高承《こうしょう》埏稽《えんけい》古堂《こどう》刻本『玄怪録』巻七とがともに『張左』と題して収録する。それら三種のテキストはみな共通して「開元《かいげん》中、前《さき》の進士・張佐、常《かつ》て叔父《おじ》に為《むか》って言うなり」(5)と始まり、『張佐』と『張左』のいずれであろうと、張某なる人物がいてその人が本作の主人公なのだろうと推測するのだが、読み進めていくうちに様子は変わり、張某が出会った謎の老人が登場して、その人こそが本当の主人公なのだと知れてくる。本篇は、老人の体験談を張某が聞き、その話を牛僧孺の叔父が聞いて、それをさらに牛僧孺自身が又聞《またぎ》きする。しかもまた、本篇の末尾には老人のセリフとして「わしは実に多くの不思議を見聞し、そのすべてを記録して、あの鹿革《しかがわ》の袋の中に入れておる」という数句があって、さらにまた、それを聞いた張某の語りとして、「そういうと、爺《じい》さんは袋を開き、はなはだ大きな二軸の巻物を取り出した。字は非常に小さく、張佐には読めたものではない。爺さんに声に出して読んでくれと頼むと、十あまりの逸事を話してくれた。その半分くらいは、今でもはっきり記憶している」という数句もある。松渓陳応翔刻本と高承埏稽古堂刻本の両本はさらにその後に、「此《こ》の巻の八事は叟《おきな》の説《と》く所に非《あら》ざるは無し(この巻に収められた八つの逸事はすべて爺さんが語ったことである)」という一句まで置いており、原作『張佐』が『アラビアン・ナイト』のような連作枠物語の一つとして書かれたことを強く印象付けているのである。

ただし、「此《こ》の巻の八事は叟《おきな》の説く所に非《あら》ざるは無し」の一句がもし仮に牛僧孺の原作に出るものだとしたら、ここでの〈聞き手〉は張佐なのだから、『玄怪録』中の数篇において張佐なる人物が

〈語り手〉として登場してくる必要があるように思われる。しかるに、現存の『玄怪録』においては張左は『張左』以外に登場しない。それに、松渓陳応翔刻本は『張左』を巻二(全九作)中の九番目として収録し、高承埏稽古堂刻本は巻七(全四作)中の一番目として収録するのだが、松渓陳応翔刻本第二巻が収める残り八作と高承埏稽古堂刻本第七巻が収める残り三作は一作として重複するものがない。以上のことからすれば、少なくとも「此《こ》の巻の八事は叟《おきな》の説く所に非《あら》ざるは無し」の一句は、原作にはない、後の編者の〈付け足し〉と考えるほかないように思われる。明代の民間書肆はしばしばこのようなお節介を焼いて、後代の読者を騙《だま》そうとするのである。

『張佐』はおそらく、『アラビアン・ナイト』のような連作枠物語の一つではなかっただろう。だが、そのことが直ちに、『張佐』は枠物語ではないという結論に結びつくわけではない。『張佐』は連作の一つではなかったかもしれないが、又聞きに又聞きを重ねていくその語り口は枠物語としての特徴を十分に備え、しかも、本篇が語ろうとする神秘とうまくマッチして実に豊かな効果を発揮しているといえるだろう。

本篇は冒頭で〈作者の叔父〉が登場する。物語全体は叔父の伝聞なのだから、少なくとも一世代は前の出来事である。しかるに、伝聞の内容は張佐が若い頃のことであるから、さらに時代は遡《さかのぼ》り、主人公の〈叟《じいさん》〉が語り出すと一気に南北朝の末まで飛翔する。本篇は連作の一篇として書かれているわけではあるまいが、内容そのものが複数の〈入《い》れ子《こ》〉から出来ており、伝聞に伝聞を重ね、〈枠〉の中に次々と〈別の枠〉が湧いて出てくる〈魔法の小箱〉の構成をとる。〈枠〉を重ねるにしたがって本篇は時代を遡り、現実と仮想の輪郭をしだいに失っていくといえるだろう。

江陵《こうりょう》に向かった北斉《ほくせい》の兵・中宗《しんそう》に、夢占いの男は何を語るのだろう。


「お前は*1、前世においては梓潼《しどう》の薛君冑《せつくんちゅう》というものであった。朮葚散《じゅつじんさん》という仙薬《せんやく》を服用し、秘儀《ひぎ》にかかわる書物を多く収集して、道教《どうきょう》の呪文《じゅもん》百枚を毎日唱《とな》えておったが、ある時、鶴鳴山《かくめいさん》の麓《ふもと》に庵《いおり》を移し、三間《さんげん》の草堂《そうどう》を結び、戸外に花竹を植え、泉石をめぐらした。中秋の八月十五日、ひとり詩を吟じて独酌《どくしゃく》し、すっかり酔っぱらって気持ちがよくなり、大言壮語《たいげんそうご》したのだった、『薛君冑《せつくんちゅう》は世俗をこのように超越している。どうして神仙《しんせん》がわがもとに降りてこないのだ』と。すると、両方の耳の中から車馬《しゃば》の音がするように思った瞬間、ガクンと身体が崩《くず》れ睡魔《すいま》に襲《おそ》われた。頭が蓆《むしろ》に着くか着かぬかのうちに、朱《あか》い車輪に緑の天蓋《てんがい》を付け、赤い子牛《こうし》に引かせた小さな車が耳の中から出てきた。両方とも二三寸（五、六センチメートル）の高さであったが、別段、耳が痛いということもなかった。車にはそれぞれ童子《どうじ》が乗っており、ともに緑の頭巾《ずきん》と青の打掛《うちかけ》を着け、身長は二三寸、車の手摺《てすり》に寄りかかって御者を呼び、手を添えられながら車を降り来て、君冑にいうのだった、

『われらは兜玄国《とうげんこく》より参《まい》りました。先ほど月下に詩を吟じておられましたが、その調べはとても清らか。惚《ほ》れぼれ致しました。直接拝聴《はいちょう》したいと存じまして』。

君冑*2は大いに驚き、

『あなた方はたったいま私の耳の中から出てきたのです。兜玄国《とうげんこく》などと、どうしてそんな嘘を言われる』。

二童子は

『兜玄国《とうげんこく》は私の耳の中にあるのだ。あなたの耳の中に、どうして我らが棲もう』。

という。わたし（君冑*3）が

『あなたの身長は二三寸しかあるまい。そんな背丈で、耳の中に国土があるはずはない。もしあるとすれば、その国人はみな焦螟《しょうめい》（伝説上の小虫）のように小さかろう』。

というと、二童子は

『そんなことがあるものか。我らの国はお前の国と変わりはない。嘘だと思うなら、我らと一緒に来てみるがいい。そこにいるだけで生死の苦しみも消え果てようぞ』。

といい、一人が耳を傾けてわたし（君冑）に示した。わたし（君冑）が覗き込むと、なんとそこには別天地があり、草花は茂り、甍《いらか》は連接して、清流や竹林が田畑を抱《かか》えるように続いている。そこでわたし（君冑）は耳をさぐるようにして中に入った。

しばらくして都《みやこ》に着いた。堀や建物、城壁は壮麗をきわめた。わたし（君冑）はうろうろと、どこへ行ったものか迷っていたが、ふと見ると、先ほどの二童子が側にいて、

『この国都の規模はあなた方のそれと比べていかがかな。ここへ来た以上は、蒙玄真伯《もうげんしんはく》さま（真伯は、道教徒中の道行高き者の尊称。真人と同意）に拝謁《はいえつ》せねばなるまい』。

という。蒙玄真伯《もうげんしんはく》さまは大きな御殿《ごてん》におり、玉座《ぎょくざ》にいたるまでの塀や衝立《ついたて》、階陛《かいへい》はすべて金や碧玉《へきぎょく》で装飾され、垂簾《すいれん》、帳幕《ちょうまく》はみなカワセミの羽で出来ているのだった。その奥にひとり鎮座《ちんざ》するのが真伯《しんはく》さまで、身には雲霞日月《うんかじつげつ》の衣を着け、通天《つうてん》の冠(天子の冠)をいただき、通天冠《つうてんかん》から垂れる飾りの房《ふさ》は身の丈《たけ》ほどもある。四人の玉童が左右に控《ひか》え、ひとりは白拂《はくふつ》を手に執《と》り、もうひとりは犀如意《さいにょい》＊4をもっている。二童子は、奥へ進み入ると拱手《きょうしゅ》・平伏《へいふく》をし、目を挙げて仰ぎ見ることもなかった。高い冠《かんむり》を着け、長い顎鬚《あごひげ》を生やし紅《あか》い紗《しゃ》の衣《ころも》を着たものがいて、青紙《せいし》に書かれた〈制文《せいぶん》〉を読み上げて次のように述べた。

初めて天地が分れて以来、わが兜玄国《とうげんこく》もともに年月を重ね、すでに百億年の時を経《へ》た。汝が同胞《どうほう》の国は下《げ》の下《げ》の土地柄《とちがら》、あらゆる世界の最下層に位置する。いま、汝がここに進むを得たるは、まこと、運命のお導き。蒙玄真伯《もうげんしんはく》さまのお眼鏡《めがね》に汝《なんじ》が叶《かな》ったからに他《ほか》ならぬ。

いまここに、官職《かんしょく》と爵位《しゃくい》を与えるものなり。汝を主籙大夫《しゅろくたいふ》に任ず。

わたし(君冑)が拝舞して門を出ると、黄色の打掛《うちかけ》を着た三四人のものたちがすぐにやってきて、ある役所に連れて行くのだった。そこに置かれた書類の多くは、何が書かれているのか、さっぱりわけが判らない。毎月の俸禄《ほうろく》は何もなかったが、ただ、欲《ほ》しいものを心に念ずると、周《まわ》りにいる部下たちがそれを察知して供給してくれるのだ。

休暇のある日、お前(汝)は楼閣《ろうかく》にのぼって遠くを眺《なが》めやり、ふと、元《もと》の世界に帰りたくなった。そこで次のような詩を詠んだ。

風軟景和麗　風《かぜ》は軟《やわ》らかく　景《けい》は和麗《われい》にして
異香馥林塘　異香《いこう》は林《はやし》や塘《いけ》に馥《かお》る
登高一長望　登高《とうこう》して一長望《いちちょうぼう》すれば
信美非吾郷　信《まこと》に美《び》にして　吾《わ》が郷《きょう》にあらず

【訳】風は穏やかで、日の光も麗しい。馥郁たる花の香りが林や池に満ちている。丘に登って遠くを見はるかせばあまりに美しく、なるほど、この国は我が故郷でないと気付くのだ。

これを二童子に示すと、二人は怒りだして
『われらは、あなたが高邁《こうまい》で脱俗的《だつぞくてき》な人だと思うから、この国まで連れて来てあげたのだ。こんな下劣《げれつ》な俗物根性《ぞくぶつこんじょう》がまだ残っていようとは、思ってもみなんだ、恋しくなるような何が貴兄《きけい》にあるというのか』。
といい、わたし（君冑）を追いたてた。すると落ちていくような感覚に襲われ、見上げれば、童子の耳から落下して元の場所にいる。ゆっくりとあたりを見回すと、二童子はもういなかった。
隣人たちに訊《き》くと、薛君冑《せつくんちゅう》がいなくなって七八年になるという。わたし（君冑）自身は数《すう》か月《げつ》しかたっていないような気がしていたが。それからしばらくして薛君冑《せつくんちゅう》は死に、申家《しんけ》に生まれた。それが今のお前（汝）だ」と占い師は述べたのじゃ。

夢占《ゆめうらな》いがそれからまたいうには、

「私は、前世においてお前（汝）の耳の中から出てきた童子《どうじ》じゃよ。お前は前世で道教を好んだ。それゆえ、お前を兜玄国《とうげんこく》に連れて行ってやったが、塵俗《じんぞく》の心を断ち切ることができず、長生《ちょうせい》の術を達成することもなかったのじゃ。だがお前は、兜玄国《とうげんこく》に行けたお蔭で、今より後は千年の寿命を得るであろうよ。お前（汝）にお札《ふだ》を授けるから、それをもって帰るのじゃ」。

という。それから、一尺あまりもある朱《あか》い絹のお札を口から吐き出し、それをわしに呑ませた。占い師は童子《どうじ》の姿にもどると、消えてしまったのだ。

以来、わしは病気にならず、天下の名山をあまねく踏破《とうは》して、これまで二百余歳《にひゃくよさい》の月日を生きてきた。あれから、わしは実に多くの不思議を見聞し、そのすべてを記録して、あの鹿《しか》革《がわ》の袋の中に入れておる。――

そういうと、爺《じい》さんは袋を開き、はなはだ大きな二軸《にじく》の巻物を取り出した。字は非常に小さく、張佐には読めたものではない。爺《じい》さんに声に出して読んでくれと頼むと、十《とう》あまりの逸事《いつじ》を話してくれた。その半分くらいは、今でもはっきり記憶している。

その日の夕刻、私がちょっと横になって目を覚ますと、爺《じい》さんはもういなかった。そののち数日してから、炭谷湫《たんこくしゅう》で爺《じい》さんを見かけた人があった。爺《じい》さんは「張佐《ちょうさ》に宜《よろ》しくな」といったという。私はあわててそこへ行ってみたが、爺《じい》さんに会うことはなかった。

〔『玄怪録』に出る〕

＊1―「お前」は原文では「汝」。占い師は、前段においては中宗を「子」と呼んでいた。「子」は二人称の敬称で「あなた」。「汝」は一種の呼び捨てで、「お前」に当たる。

＊2―ここにいう「君冑」は原文においても「君冑」と書かれる。中宗の前身を説き明かす占い師の談話は中宗を「汝」と呼び捨てにする一文から始められていた。その「汝」がここにいたって「君冑」に変化するのだが、「君冑」とは中宗の前身・薛君冑の〈名〉であって〈字（あざな）〉ではない。人に呼びかける二人称として〈名〉を用いることは古典的な中国世界では普通ないから、ここにいう「君冑」は「汝」に類するかなり侮蔑的な呼称と考えられるが、一方、一般的な散文にあっては〈名〉は〈へりくだった自称〉としても用いられる。本篇における「汝」から「君冑」への変化はおそらく意図的なのであり（すなわち、二人称から一人称へ変化したのである）、そのことによって語りの臨場感は一層高められているように思われる。

＊3―「わたし（君冑）」の原文は「君冑」。後文に「わたし（君冑）」とあるのはすべて同様。＊2参照。

＊4―貴人がもつ〈孫の手〉のような器物を「如意」という。象牙や竹、玉等を組み合わせて作る。ここで「犀如意」というのは、サイの角を加工・彫像して作られているからであろう。

盛唐の開元年間を起点として語り始められた本篇は、張佐と老人の邂逅《かいこう》にはじまって老人の身の上話に及び、長安郊外の田舎路から時空を越えて南北朝末期の江陵へと飛翔する。およそ二百年を順次さかのぼってきた時の流れは、占い師が老人の前世を語り始めるとにわかにもつれ始め、いつの時代か判然としない鶴鳴山《かくめいさん》中にいきなり飛ばされる。すると今度は二人の童子が耳の中から現れ、時間の流れさえないような〈兜玄国《とうげんこく》〉へと主人公を唐突に連れ去ってしまうのだ。それにつれて叙述の主体も乱れはじめ、主人公の呼称は「子《し》」や「汝《なんじ》」から「薛君冑《せつくんちゅう》」や「君冑《くんちゅう》」へとしだいに変化する。占い師の発話中にありながら、薛君冑自身による談話のような印象が醸《かも》される。薛君冑はロバに乗った老人の前身であり、すなわち本篇の主人公である。人称詞のこうした変化によって読者は、物語の臨場感をよりリアルに体感し、やがて訪れる〈兜玄国〉からの追放を、まるで夢からの覚醒のように追体験することになる。この覚醒は、読者にとっては〈結末〉ではなく〈不意の中断〉なのである。かくして、〈兜玄国〉の神秘はいつまでも読者の脳裏に揺曳しつづけることになる。〈語りの入れ子〉を重ねることによって〈時のない異境〉に到達し、急激な覚醒を描くことによって喪失感と夢幻性とを演出する。文体と内容とが結びついた、見事な成就といえるだろう。

ここに描かれる〈兜玄国〉は、〈兜〉は〈包む〉の意で、〈玄〉は〈玄教(=道教)〉の〈玄(奥深いの意)〉。〈兜玄国〉で〈奥深い教えが浸透した国〉の意となる。道教に立脚した、〈神仙界〉にも似た異境なのであろう、古元之が訪ねた〈和神国《わしんこく》〉と同様、〈生老病死〉のない楽園なのである。そうした楽園が人の耳の中に存在しているというのが本篇最大の奇想なのだが、ただ、もうひとつ、筆者がここで特に強調しておかなければならないのが、この〈兜玄国〉には役人がいて、支配の構造が厳然とあったことであろう。

〈兜玄国〉には〈蒙玄真伯《もうげんしんはく》〉と呼ばれる主宰者がいた。〈蒙玄真伯〉の〈蒙玄〉とは〈兜玄国〉の〈兜玄〉を言い換えたものに他ならず（〈蒙〉は〈包み隠す〉の意）、〈玄教〉というのと同意であろう。また〈真伯〉とは、宗教者のランク・位《くらい》をいう〈大師《だいし》〉〈法師《ほうし》〉〈教師《きょうし》〉と同類の言葉で、〈真人《しんじん》〉と同意であった。すなわち、道術を達成した、道教界最高位の有徳者の意。この〈蒙玄真伯〉は〈兜玄国〉の大殿に鎮座し、〈制文《せいぶん》（文書化された皇帝の言葉を「制文」という）〉を授けて、薛君冑を〈主籙大夫《しゅろくたいふ》〉という〈大官厚爵《たいかんこうしゃく》〉に叙任したのである。彼が〈兜玄国〉の王（すなわち、官位を与えるもの）だったことは明らかだろう。

また、薛君冑は〈主籙大夫〉に任じられて〈曹署《そうしょ》（執務室）〉も与えられたが、特段の仕事があるわけではなく、俸禄をもらうわけでもなかった。必要なものがあればただ念ずるだけで部下が揃《そろ》えてくれたのであり、この点においても、「千官や君主はいるが彼らに仕事はなく……婢僕が何でも揃えてくれた」という〈和神国〉と同様だったといえるだろう。〈兜玄国〉や〈和神国〉は要するに、憂いや悲しみがない替わりに欲望もなく、そのおかげで争いもない、〈静謐《せいひつ》の楽園〉だった。この国の〈静謐〉は、君主の徳がもたらす規範と秩序が保証していたと思われる。

唐代の知識層が描いた〈楽園〉は、右のように、人びとが英知を結集し熟考を重ねて築き上げた〈理想の社会〉であるよりは、不老長生を達成した神仙たちが無為無憂のうちに暮らす〈退屈な王国〉だったといえるだろう。そこには、〈理想の主宰者〉がもたらす掟や法が厳然とあって、その規範や秩序を逸脱する〈欲望〉や〈思念〉〈執着〉を懐くものは〈思凡《しぼん》の罪（俗念を起す罪）〉を負って即座に追放されたのである。彼らが思い描いた〈楽園〉は、アダムとイヴが知恵の実を食べて追放されたエデンの園、エホヴァが主宰する〈無為無憂の楽園〉とよく似た性格をもつものかもしれない。ただ異なるのは、アダムとイヴはエデンの園を追放されて二度とそこへ戻ることが許されなかったが、〈中国の楽園〉は何度追放されても再度そこへ回帰する可能性が残されていた点であろう。薛君冑が〈楽園〉から追放されたのは、〈神が禁じた知恵〉を身につけたわけではなかったからである。

太古の中国を主宰した聖王は神ではなく帝王であった。また、その聖王が人類に与えた知恵とは〈徳と文字による統治〉という、きわめて機能的な実利であった。この実利は〈中国の楽園〉においても着実に機能していたのであり、その証拠に、薛君冑は〈蒙玄真伯〉より叙任状を授けられて〈兜玄国〉の役人になっていた。彼の罪は、その〈理想の王国〉を離れて故国に帰ることを一瞬考えてしまった点にあった。〈徳と文字による統治〉に疑念を抱いたのではなく、それがもたらす〈静謐〉を一瞬かき乱してしまったのである。

陶淵明が〈桃花源〉に託したのは君臣関係や搾取のない平等な世界だったが、唐代の知識層が夢見たのは、〈徳と文字による統治〉が十全に機能して、君臣関係や搾取が〈静謐〉のうちに成立する世界だった。唐人の描いた仙界は、この意味において〈君臣たちの楽園〉だったといえるだろう。

【注】

(1)『玄怪録』は宋代、宋王朝の始祖・玄朗の諱を避けて『幽怪録』と呼ばれた。松渓陳応翔刻本が『幽怪録』を書名とするのは、宋代のテクストを襲ったものだからだろう。

(2)『魏書』巻二八と『北史』巻二五にほぼ同文の伝が収められる。

(3)たとえば『報恩経』が掲載する「善友太子の物語」においては、主人公の善友太子は〈摩尼如意の宝珠〉を求めて珍宝山、白銀山、七宝城を歴訪する。

(4)猪はブタ。ブタは清潔を好んだので便所の掃除係としてこれを飼育した。ブタや犬を食用に供したことはいうまでもない。

(5)陳応翔刻本『幽怪録』巻三「劉法師」、ならびに高承埏刻本『玄怪録』巻八「劉法師」は、その末尾に「昭応県尉の薛公幹、僧孺の叔父の為に言うなり」という一句がある。ここにいう「僧孺の叔父」と『張佐』の冒頭にいう「叔父」とは同一人物だと考えられている。

第二章

死んだ妻が語るには

一——〈君臣〉〈父子〉と〈夫婦〉

〈異境への旅立ち〉が〈現実への反抗〉をつねに何がしかたくらむものなら、出航の後にとられた行動のすべては出航者の〈現実〉を反映し、彼の内心にある〈わだかまり〉や〈願望〉を指し示すだろう。たとえば、陶淵明が描いた漁夫は武陵源に至り、農民たちから〈酒や鶏〉の歓待を受けたが、劉晨《りゅうしん》と阮肇《げんちょう》は天台山中の桃花源に薬草を採りに入って二人の美女に出会う（『太平広記』巻六一「天台二女」参照）。劉晨と阮肇の品性を疑うつもりはもちろんないが、〈酒や鶏〉と〈薬草〉という小道具の違いにも、それぞれの作品を書いた二人の記述者の日常生活や生活感覚は透けて見える（[図12]参照）。不老長生の〈薬草〉を求めて桃花源に入った劉晨と阮肇は、天台山のはるか彼方にはじめから天女の面影を見ていたのであり、陶淵明のように〈搾取のない世界〉を夢見ていたのではなかった。また一方、牛僧孺は〈楽園〉を描いて官僚は配置したが、美女の面影をそこに求めることはしなかった。彼はおそらく、仙女を求めて〈兜玄国〉に分け入ったのではなかったのである。
主人公が婚姻を求めて異境に入る唐代の〈異記〉〈雑伝〉は実は意外に多い。たとえば、日本では〈唐人伝奇〉の代表作と目されている『枕中記《ちんちゅうき》』はどうだろう。〈邯鄲《かんたん》の夢《ゆめ》〉でお馴染みのこの作品は、「一睡の夢に一生のすべてを経験して満足の得がたさを悟る」という一種の寓話であり、美女や仙女と何のかかわりもなく物語は展開されるように思うだろう。だが、実はそうではない。呂翁《りょおう》が盧生《ろせい》に磁枕《じちん》(瓷枕)をわたして、『枕中記』は次のように記述する(［図13］参照)。

呂翁は荷物の中から枕を取り出し、書生に渡した。「この枕を使えば、あなたは願いを適《かな》え、満足するでしょう」。その枕は青磁で出来ており、両端に穴があいていた。書生が枕に頭をつけると、その穴が次第に大きくなり、明るくなるのが見えた。そこで身体ごと入って、そのまま自分の家に着いた。

数か月たって、清河《せいが》の崔氏《さいし》のむすめを娶った。妻は非常な美貌で、持参金も沢山あった。書生は大変喜び、それからは服装や車馬が日ごとに華美になった。翌年、推薦を受けて進士科の考試に応じ、それに及第した。官界に入って秘校になった。

盧生は、夢幻の世界に入って最初に、金持ちの美しい女《むすめ》と結婚する。その女は、唐代の五姓七《ごせいしち》族《ぞく》のひとつ・清河の崔氏のむすめで、しかも沢山の持参金付だった。盧生の〈発跡変泰《はっせきへんたい》(爆発的に出世して富貴を得ること〉がここに始まったのは明らかだろう。なお、〈発跡〉とはある土地から身を起こして功名を遂げること、また、〈変泰〉の〈泰〉とは『易』六十四卦の一つで、安泰の卦。〈変泰〉は〈否〉が極まって〈泰〉に変化することをいい、〈発跡変泰〉で爆発的な出世を遂げて安泰の人生を送ることをいう。〈発跡変泰〉を遂げることは、通俗小説に登場する若き書生の夢だった。

また、『枕中記』としばしば並称される『南柯太守伝《なんかたいしゅでん》』は、淳于棼《じゅんうふん》という侠客《きょうかく》が酒に酔って南柯国へ行き、そこで二十数年の〈発跡変泰〉を経験して帰還するが、南柯国と思ったのは樹下に巣くった蟻の国であり、二十数年の〈発跡変泰〉はすべて一場の夢に過ぎなかった、という内容をもつ〈雑伝〉である。この作品においても、主人公の〈発跡変泰〉は結婚を契機とし、淳于棼は駙馬《ふば》（王女の夫）という立場を得てはじめて南柯国の太守に出世するのである。この他、たとえば『柳毅《りゅうき》伝《でん》』なども日本の「浦島太郎の物語」と同様、湖底にある異世界を探訪して竜王の公主《こうしゅ》（国王のむすめ）と婚姻を結び、そのことによって不老長生を達成する物語と見ることができるだろう。これらの作品にあっては、家名や富を有する女性との結婚が主人公に飛躍的な変化をもたらしているのであり、むしろ、門閥との婚姻が望外の出世を生む点にこそ真の主題があるようにさえ思われる。

唐代の知識層にとって婚姻は、官僚としての自身の将来をも左右する重大な関心事であった。〈夫婦〉とは元来、〈君臣〉〈父子〉に次ぐ人倫の根本であり（〈君臣〉〈父子〉〈夫婦〉を〈三綱〉という）、〈君臣〉と〈父子〉が個人の意思を越えた天生の関係であるように、自身の意思ではどうすることもで

［図12］『元曲選』「誤入桃源」挿絵
劉晨と阮肇は薬草を採りに天台山に入り、桃花の咲き乱れる水源に迷い込んでそこで二人の美女と出会う、酒肉のもてなしを受け、十日して帰ろうとすると留められ、さらに半年を過ごして下山する、すると、故郷ではすでに十世の時が流れていた、という物語。後代、『誤入桃源』という題名で戯曲にもなった。

［図13］磁州窯金代瓷枕
『枕中記』の舞台となった邯鄲は古来、陶器の産地として知られ、呂翁が盧生に渡した陶製の枕も邯鄲の名産品であった。磁州窯で焼かれた瓷枕は贈答にも用いられた。図は、右側に描かれる妻の誕生日プレゼントとして製作されたもの。

きない天与の関係であった。しかも、〈君臣〉〈父子〉〈夫婦〉の〈三綱〉は人倫の根本だったから、男はみな妻を娶り君臣関係を結んではじめてひとりの〈ひと〉になる。古典的な中国世界における〈夫婦の物語〉は、その意味では、〈愛の物語〉や〈家族の物語〉である以前に、創世神話にも似た〈人間形成の物語〉だったし、そこにおける〈妻の喪失〉は、〈死と再生〉に類する〈人生の据え替え〉だったといえるだろう。

二――唐晅の妻が語るには

本章が最初に取り上げる妻の亡霊は、生前は張十娘《ちょうじゅうじょう》と呼ばれた、唐晅《とうけん》という人物のそれである。彼女は開元十八年（七三〇）に死んだといい、二人の物語は『太平広記』巻三三二「鬼 一七」が収録する『唐晅』という〈雑伝〉に記述される。この作品の成立については、本篇がその末尾にいう「事は唐晅の手記に見ゆ、『通幽記《つうゆうき》』に出ず」という以上のことは判らない。この記述を文字通りに受け取るならば、唐晅の妻は開元十八年に死去したと書かれているのだから、本篇は、盛唐期に唐晅という人物によって書かれ、その記録を陳劭《ちんしょう》が『通幽記』という小説集に採録したことになるだろう。かりに本作が陳劭の手になるものだったとしても、『通幽記』の成立は八〇〇年前後と考えられるから（『通幽記』が収める諸篇に記述される紀年のうち、最も晩《おそ》いものは貞元十年（七九四）である）、本篇がいわゆる〈唐人伝奇〉中の最初期に属する作品であることは間違いない。本章がこの作品を最初に紹介するのはこの故である。中国の知識層にとって〈妻の死〉がいかなる衝撃だったか、そうした問題を唐代に入って最初に提起したのは本作だったかもしれない。

全文を数段に分け、解説を附しながら紹介してみよう。

唐晅《とうけん》は晋昌《しんしょう》(今の甘粛省酒泉市瓜州《かしゅう》)の人である。

彼の叔母は張恭《ちょうきょう》という人に嫁いだ。すなわち安定《あんてい》(甘粛省涇州《けいしゅう》)の張軌《ちょうき》の子孫である。滑州《かつしゅう》(河南省安陽市滑県)の衛南《えいなん》に隠居して、地元の人々に重んじられていた。息子は三人いて、みな進士に合格した。むすめは三人あって、長女は辛氏に、次女は梁氏に嫁いだが、末むすめは母親にかわいがられ、詩経や礼記を学んで、いささか女徳を有した。

開元中(七一三—七四一)に父が死し、末むすめはそれを異常なまでに悲しんだ。唐晅はかねてから彼女を慕っていたので、喪《も》が明けるとすぐに彼女を娶り、そのまま衛南荘《えいなんしょう》に住まわせた。開元十八年(七三〇)、ある用件で彼は洛陽《らくよう》に出かけ、数か月、帰ることができなかった。夜、妻を占ってみた。唐晅は、妻が花を隔ててすすり泣き、急に井戸をのぞき込んで笑う夢を見た。目が覚めていやな夢だと思い、次の日、占い師にみてもらった。占い師は「花を隔ててすすり泣くというのは顔が風にしたがって落ちるということ、井戸をのぞき込んで笑うというのは黄泉路《よみじ》を喜ぶということ」と述べた。数日して、やはり訃報が届き、唐晅はひどく慟哭した。

本篇は、おそらく、唐代の氏族門閥社会を背景にしながら唐晅の運命の行方を描こうとした〈雑伝〉であり、ある女性の結婚を描いた単純な〈愛と死の記録〉ではない。唐晅の妻は張恭という人を父とし、その張恭は安定の張軌の子孫であった。ここにいう安定は京畿道《けいきどう》の涇州《けいしゅう》を指し、安定の張軌とは、西晋末に刺史として涼州《りょうしゅう》に赴任し前涼政権の基礎を築いた張軌(二五五―三一四)をいう。唐晅の叔母は、陳寅恪《ちんいんかく》が「関隴《かんろう》貴族」と呼んだ門閥に嫁いだのである。

一方の唐晅は、「晋昌《しんしょう》(隴右瓜州)の人」と記述されるのみで祖先に言及しないから、門閥の出身でなかったことは明らかだろうが、彼の場合、字や職名さえ記述されず、また晋昌とは河西回廊の西に位置する中国と中央アジアの接点に当たる地で、後に吐蕃《とばん》が領有した土地でもあった。唐晅は実は胡族で、交易に従事する商人ではなかったかと筆者は想像しているのだが、かりに漢族だったとしても、唐姓の名族は唐代にはない。その彼が叔母の縁で「関隴貴族」のむすめと結婚し、しかも妻の実家・河南滑州の衛南に住んだのである。唐晅は婿養子に入ったわけではなかったが、『枕中記』の場合と同様、本篇の背後に、門閥との結婚を機にのし上がっていこうとする男の野望が見え隠れするのもまた事実である。

しかるに唐晅の妻は、彼が洛陽に旅立った後に死んでしまう。夢に死の予兆が入る場面においては、原文は「夜宿主人(?)、その妻の花を隔《へだ》てて泣き、俄《にわ》かに井《せい》を窺《うかが》いて笑うを夢にみる。覚《さ》めるに及び、心にこれを悪《にく》む」といい、ここにいう「夜宿主人」の意味がよく判らない。漢語にあっては、「主人」に夫の意味がないことはいうまでもない。「主人」は二字で一語の名詞ではおそらくなく、「人を主する」という動詞と目的語で読むべきなのであろう。「主」には吉凶を占うという意もあるので、ここではとりあえずその意で訳しておいた。だが、だとすれば当時、思う人の夢を見る特別な方法があったことになるだろう。

さて、数年たって唐晅は、妻の実家に帰省することになった。

そののち数年たって、唐晅はようやく衛南に帰ることができた。妻との思い出を偲び、詩を詠んだ。

寝室悲長簞　粧楼泣鏡台　寝室《しんしつ》　長簞《ちょうたん》に悲しみ　粧楼《しょうろう》　鏡台《きょうだい》に泣く
独悲桃李節　不共夜泉開　独《ひと》り悲しむ　桃李《とうり》の節に　夜泉《やせん》の開くを共にせざるを
魂兮若有感　髣髴夢中来　魂よ　若《も》し感《かん》有《あ》らば　髣髴《ほうふつ》として夢中に来たれ

【訳】寝室に入れば、あなたが使っていた簞笥を見ては悲しみ、化粧部屋では鏡台を見ては涙する。桃李が花を開かせる春になっても、あなたがいらっしゃる黄泉の国の扉は開かない。ああ、魂よ、もし私の涙が届くものなら、夢でもよいから、どうかこちらの方に来ておくれ。

また、次のように詠んだ。

常時華堂静　笑語度更籌　常時《じょうじ》　華堂《かどう》は静かなれども　笑語《しょうご》　更籌《こうちゅう》に度《わた》る
恍惚人事改　冥寞委荒邱　恍惚《こうこつ》として人事《じんじ》は改《あらた》まり　冥寞《めいばく》　荒邱《こうきゅう》に委《ゆだ》ねらる

陽原歌薤露　陰壑悼蔵舟　　陽原《ようげん》に薤露《かいろ》を歌い　陰壑《いんがく》に蔵舟《ぞうしゅう》を悼《とぶ》らう
清夜粧台月　空想画眉愁　　清夜《せいや》　粧台《しょうだい》の月　空《むな》しく眉《まゆ》を画《えが》きしを想《おも》い　愁《うれ》う

【訳】あなたがいなくなって静まりかえったホール。昔は、時を知らせる水時計の音ととも

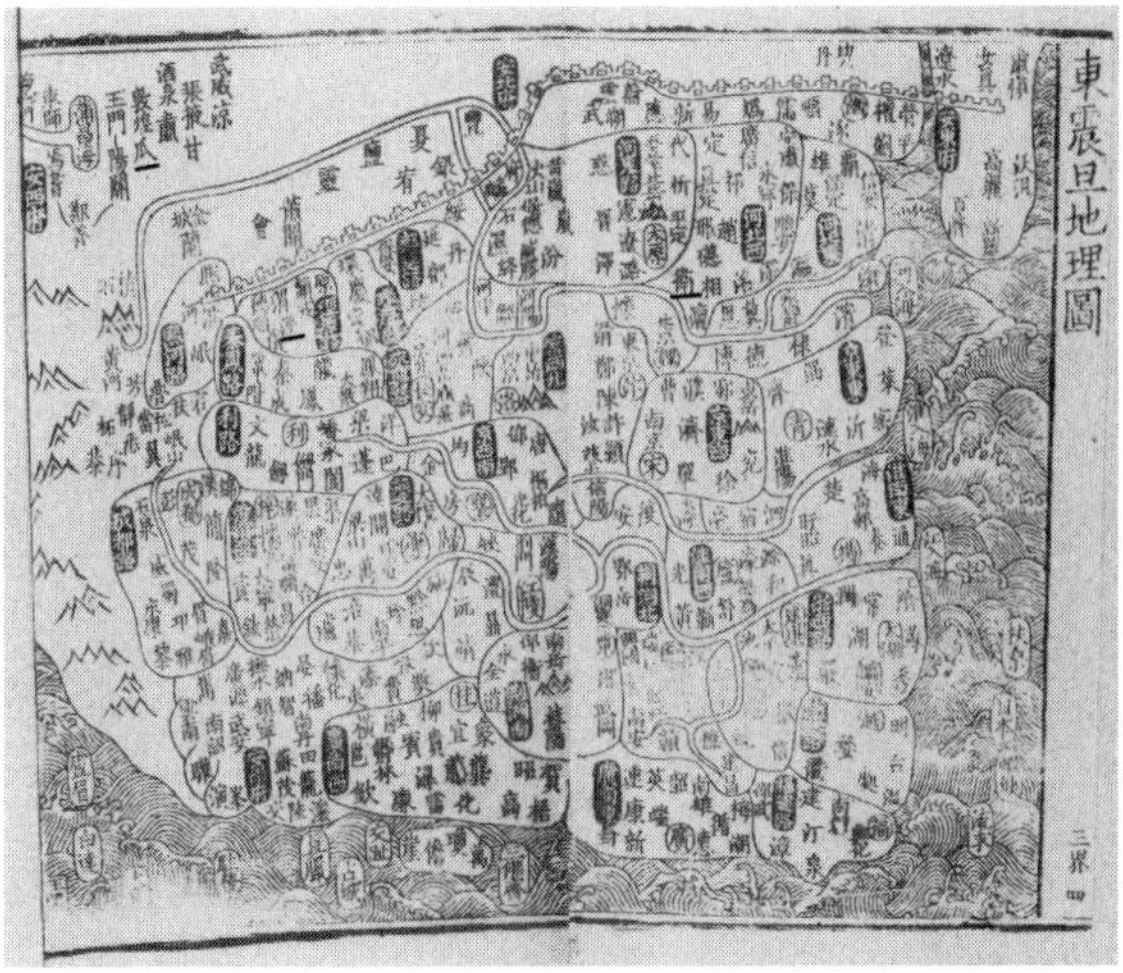

［図14］南宋時代の地図『仏祖統紀』所収「東震旦地理図」左上、欄外のように見える部分に、右から「武威涼」「張掖甘」「敦煌瓜」「玉門陽関」とある「瓜」が唐晅の本貫・晋昌。王維が〈陽関三畳〉で「君に勧む、更に尽くせ、一杯の酒を。西のかた陽関を出づれば故人無からん（君よ、さあ、もう一杯、ぐっと飲み干したまえ、あの陽関を西の方に出てしまえば、もう誰も知り合いはいないのだから）（勧君更尽一杯酒、西出陽関無故人）」と詠じた陽関はまさにこの晋昌にある。また、その「瓜」から東南に下り、二重線になった黄河をわたり、砦型の長城を越えて「涇」とあるのが張軌の本貫・安定。さらに、黄河を下って図の中央部を過ぎ、黄河がさらに南進するように見える部分にある「衞」が、唐晅の妻が暮らした衞州である（地図下線部）。

に、あなたの笑い声が夜も聞こえたものだ。知らぬ間に人は死に、暗い墓場にあなたは身をゆだねている。陽原では葬送の歌が歌われ、あなたを深い谷に隠しておいたのに、いつの間にか連れ去られてしまった。清らかなこの夜、あなたの鏡台を月が照らす。だが、あなたは消えて、あの美しい蛾眉を私が描いてあげたのを思い出し、悲しむばかり。

秋の清らかなこの夕べ、唐晅は何時までも眠られず、夜が更けてなお右の悼亡詩を吟じていた。すると、暗い中にすすり泣く声がふと聞こえてくる。はじめは遠く、しだいに近づいてくる。唐晅は胸騒ぎがして異変を知り、次のように祈った、

——もしや十娘の霊ではないか。なぜ、一目姿を現して話をしてくれぬ。冥界にいることが昔の恩愛の妨げになるとでもいうのか。——

しばらくすると、次のような声が聞こえた。

——わが君よ、張氏です。詩を悲吟なさるあなたの声を聞いておりますと、幽冥の内にあっても悲しくなってしまいます。あなたの真心がただありがたい。黄泉の世界に沈んだこの魂をいつまでもお捨てにならず、懐かしんでくださる。そのお礼に、この夕べ、ご報告に参りました。——

唐晅は驚き、むせび泣いて述べた。

——胸の内は口にしにくいもの。だが、一目でもその表情を見ることができれば、もは

や何の恨みも残すまい。――

すると、それに答えて次のようにいう。

――この世とあの世に隔てられておりますゆえ、面会は難しゅうございます。真実わたくしかどうかお疑いの向きもございましょうが、わたくしはありのままに申し上げているのです。――

――疑うなど、そんなつもりは決してない。――

唐晅が熱心にそう頼むと、にわかに「羅敷《らふ》よ、鏡をもて」と呼ぶ声がして、闇の中をサササッと衣擦れの音がする。と思うと、羅敷が姿を現し、進み出て拝礼して
――奥様は、お世話になったお礼を申し上げたくて、かならず七郎さま*1とお会いになるとのこと。――

という。

唐晅は羅敷に問うた。

――開元八年(七二〇)にわたしはそなたを仙州《せんしゅう》の康家《こうけ》へ売り、お前は康家においてすでに死んだと聞いている。いまなぜここにいるのか。――

羅敷は答えた。

――奥様に買い戻していただきました。いまは阿美《あび》さまの面倒をみております。――

阿美とは唐晅の死んだむすめである。唐晅は、さらに悲しみが込み上げるのだった。

しばらくすると、灯火を命じる声がして、妻が、主人の上《のぼ》るべき東側の階段の北に姿を現した。唐晅は小走りに進み出て、涙ながらに跪いた。妻は返礼の跪拝をした。

唐晅は、妻の手を執って平生の様子を問うた。妻は涙ながらに答えるのだった。

――この世とあの世に道は分かれ、長い間離《はな》れ離《ばな》れでおりましたが、冥界は茫漠として実体はないものの、あなたをお慕いする気持ちに何の変化もなかったのです。本日は六合の日*2、冥界の役人はあなたの真心に感じ入り、わたくしをしばらくこちらに帰してくれました。千年に一度のこのめぐり合わせ、喜びや悲しみが胸に交錯いたしますものの、むすめの美娘《びじょう》*3はまだ幼く、世話をお願いできる人とてありません。今宵は何とすばらしい夕べでしょう、あなたとこうして昔の縁《えにし》を重ねることができるとは。――

唐晅はそこでそれぞれの召使たちを並ばせて挨拶《あいさつ》を交わし、灯火の位置を変えて室内に入り、カーテンや帳《とばり》を用意させたが、妻はどうしても先に坐《すわ》ろうとしない。

――あの世とこの世の尊卑《そんぴ》は生きている者の方を貴《たっと》しといたします。あなた様から先にお坐り下さい。――

唐晅がいわれた通りにすると、妻は微笑みながら次のように問うた。

――あなたの情愛は以前と変わりありませんのに、聞きますれば、すでに再婚なさった由。新旧の妻に区別はございましょうや。――

唐晅ははなはだ恥いった。妻はまた次のようにもいう。

――あなたのお仕事からすれば、再婚は当然です。新しい方は淮南《わいなん》のひと、お丈夫な方だとわたくしも存じております。――

そこで、人の寿命の長短を語って「定まった命数というものがあるのか」と唐晅が問うと

――すべては定まったことなのです。――

と妻は答えた。「仏教がいう前世の因縁とは誤りではないのか」と問うと

――その道理はみな検証済みです。どんな誤りもございません。――

という。また、仏教と道教の是非を問うと、妻は次のように答えた。

――同源異派に過ぎません。これとは別に〈太極仙品《たいきょくせんぴん》〉という霊魂のランクと、それらの霊魂を管理する〈総霊《そうれい》の司《し》〉という役所、形のある世界から虚無の世界へ移行するという〈出有入無（有《ゆう》を出《いで》て無《む》に入《い》る）〉の大原則などがございまして、天地宇宙が運行する道理は実に奥深く大きなものでございます。そのほかのことは人の世で言われている通りでございますが、いま詳しくこれを申せば、わたくしもあなたも、きっと咎《とが》を負うことになりましょう。――

唐晅は恐ろしくなり、それ以上は問わなかった。

そこで、何か食べたいものがないかと問うた。

――冥界では美食の類は何でも備わっておりますが、お粥だけは食べることができないのです。――

唐晅はさっそく用意させた。出来てくると、別の器をもとめ、これを小分けにして食べる。口元にもっていき、そこでなくなるように見えるのだが、飲み干すと、お粥はまた元通りになっていた。

唐晅は従者たちにも食事を与えたが、ある老婆は従者たちと一緒に食事をとろうとしない。妻は「古くからの者なので、彼らと同列にはまいりません」といい、

――紫菊《しきく》ばあやですよ、ご存じでしょ。――

と唐晅にいう。唐晅も彼女のことを思い出し、別席を用意してやった。他の多くは唐晅の知らぬ者たちだったが、その呼び名に聞き覚えがあった。かつて、洛陽からの帰り道に唐晅が立ち寄って倍葬の紙人形*4を用意し、一体ごとに名前を書き加えたことがあったが、なんと、多くはそのときの名前であった。妻に問うと「すべてあなたが下さったものです」という。そこで、お金や奴婢《ぬひ》は何でも手に入ることが判った。

妻は「むかし、金をちりばめた蓋物《ふたもの》を堂の西北の斗栱《とこう》の中に隠しました、それを知るものはありますまい」という。唐晅が探してみると、果たして出てきた。

また「美娘に会いたくはございませんか。もう成長いたしました」というので

――美娘が死んだ時にはまだむつきを着けていたが、地下においても年を取るのか。――

と唐晅が訊くと

――この世と変わりません。――

という。それからしばらくすると美娘が出てきた。五六才であった。唐晅が撫でながらすすり泣くと、妻は

――抱いて驚かしてはなりません。――

という。羅敷が抱き上げると、二人ともふと消えてしまった。

唐晅はカーテンや帳を下ろさせ、夫婦の情愛を尽くした。平生と変わりなかったが、手足や呼吸が冷たく感じられた。さらに冥界での住まいを尋ねると

――私の父母（原文は「あなたの舅姑」という）とともに居ります。――

という。唐晅は問うた。

――あなたの霊魂はこのようでありながら、生き返ることはできないのですか。――

妻は答えた。

――死《し》してのち、魂《こん》と魄《はく》とは居る場所を異にいたします。それぞれに決まりがあって、みな帳簿に登録されております。精神は形骸とまったく関わりをもちません。それはあなたも夢で経験されることで、夢の中では身体のことを考えたりいたしません。私は死んで後、死んだ時のことを覚えておりませんし、どこに埋葬されたかも存じません。お金や奴婢はあなたが与えてくだされればそれと判りますが、肉体については一切これを関知しないのです。――

夫婦二人の夜は更け、そろそろ夜明けも近づくころ、唐晅は述べた。

――私が死んであなたと同じ墓に入る日もそう遠くはあるまい。――

妻は答えた。

――夫婦は合葬するものと私も聞いておりましたが、それは〈形骸〉をともにするだけのこと。〈神霊〉は実際には顔を合わせません。それを気にする必要はありません。――

唐晅はさらに訊ねた。

――この世で結婚した女性が地下に没して再婚することはあるのですか。――

――この世とあの世と、何の区別もございません。その人品の如何によって道は異なりますが、私の場合、親兄弟は再婚をせまり、北庭トルファンの都護《とご》・鄭乾観《ていけんかん》の甥の明遠《めいえん》に嫁ぐようにと申し付けたのです。わたくしの気持ちはしっかりとしておりましたから、家のものたちもみな私を哀れに思い、再嫁せずにすみましたが。――

唐晅はこの話を聞いてガックリと肩を落とし、その胸の内を詩にして妻に贈った。

嶧陽桐半死　延津剣一沈
如何宿昔内　空負百年心

嶧陽《えきよう》の桐《きり》　半ば死し　延津《えんしん》の剣《けん》　一《いつ》に沈みぬ
如何《いかん》ぞ宿昔《ひとよ》の内に　空しく百年の心に負《そむ》かんや

【訳】琴瑟をつくる桐の樹はなかば死んでも、龍泉と太阿という二ふりの剣は延津で邂逅し、一緒に沈んでいったのです。たった一晩で、どうして千年の愛を忘れることができましょう。

妻はいう。

――あなたのお気持ちを知り、返歌をいたしたく存じますが、よろしいでしょうか。

――

唐晅は

――昔は文章を書くことをしなかった。どうして詩を詠むのか。――

と述べた。妻は

――文墨の道にかねてより憧れはございました。ただ、あなたがお嫌いになることを思い、書かずにおりましたが、今宵はどうしても己の志を申し上げたく存じます。――

といい、帯を裂いて詩を題した。

不分殊幽顕　那堪異古今　幽《ゆう》と顕《けん》とを分殊《わか》たず　那《なん》ぞ堪《た》えん　古今を異にするをや
陰陽途自隔　聚散両難心　陰《いん》と陽《よう》と途《みち》は自《おのず》から隔《へだ》たり　聚散《しゅうさん》　両《ふたつ》ながら心に難《かた》し

【訳】愛にあの世とこの世の区別はなく、まして古今の区別もありません。あなたと私はこの世とあの世に離《はな》れ離《ばな》れ。逢いたくても逢えず、また、別れようにも別れられない二人となってしまいました。

また、次のようにも詠った。

蘭階兎月斜　銀燭半含花
自憐長夜客　泉路以為家

蘭階《らんかい》に兎月《とげつ》は斜《なな》めに　銀燭《ぎんしょく》は半《なか》ば花《はな》を含《ふく》む
自《みずか》ら憐《あわれ》む　長夜《ちょうや》の客《かく》の　泉路《せんろ》以《もっ》て家と為《な》すを

【訳】きざはしを月が照らす。銀の燭台にゆれる炎は時とともにパチパチとはじけて消えかかる。もう夜明けも近い、本当に哀れに思うのは、この秋の夕べ、あなたをお訪ねした私という魂がまた黄泉の国に帰っていかなければならないこと。

唐晅は涙ながらに語り、悲喜なかばするころ、はからずも空が白みはじめた。

＊1―「七郎」は輩行で、唐晅の世代に属す唐家の男子のうち、七番目に生まれたことを示す。
＊2―「六合の日」は未詳。あるいは、陰陽家の説で、子と丑、寅と亥、卯と戌、辰と酉、巳と申、午と未とが会うことをいうか。日月が子の刻に会するときは斗（北斗七星の柄杓の部分）は丑の方角を指し、日月が丑の刻に会するときは斗は子の方角を指すので、陰陽家はこれを「子と丑の合」とする。
＊3―「美娘」と「阿美」とは同一人物。唐代においては、女性に漢字一字の名を付け、接頭語の「阿」や接尾辞の「娘」「奴」を付けて呼称とした。
＊4―中国では、墓主の冥界における生活の便宜のために、家屋や調度、奴婢、家畜等の模型を作り、それを墓内に収める習慣があった。古くは金属や陶器でこれを作成したが、唐代頃から紙細工が登場

し、しかも紙製の模型は墓前で焼却し、冥界に直接届けることを原則とした。この模型を「紙馬」と総称し、宋代には専門の店舗も登場した。

三――『唐晅』が語ること

『唐晅』という作品から透けて見える盛唐期の社会制度や習俗、死生観や倫理観等を、次に簡単に説明しておこう。

◈婿の地位

まず、主人公たちの身分から。

妻の張十娘が「関隴貴族」に連なる門閥の生まれで、唐晅が交易に従事する商人であろうことはすでに述べたが、筆者がそのような推測をする理由は、妻の亡霊が姿を現して挨拶を交わす前半数段にある。まず、妻の亡霊が最初に姿を現す場面において、原文は「阼階《そかい》の北に立つ」という。「阼階」とは、『新書《しんじょ》』巻六「礼」が「阼階とは主《あるじ》の階なり」というように、主と賓とに分かれて対面が行われる際、主人が立つべき東側の階をいう。このことはすなわち、妻の実家の滑州衛南荘にあっては妻の死後も、彼女が依然として主人だったことを示しているだろう。また、生者と死者の一同が挨拶を交わした際、妻は夫に「陰陽(この世とあの世)の尊卑は生人を以て貴と為す、君、先に坐すべし」、すなわち「あの世とこの世の尊卑は生きている者の方を貴しといたします。

あなた様から先にお坐り下さい」と述べていた。このセリフもおそらく、妻の生前にあっては二人の尊卑が逆転していたことを意味すると思われる。また、唐晅の再婚を論じる場面において妻は、「業を論ずれば、君、合《まさ》に再婚すべし（論業君合再婚）」とも述べている。ここにいう「業」がいかなる意味かはよく判らないが、筆者はこれをとりあえず〈なりわい〉の意と考え、〈なりわい〉の中に役人や官僚等・政治家の仕事は含まれないもの、とした。中国の知識層にとって官僚という立場は、生きていくための職業であるよりはむしろ、〈士分〉として生まれたものが果たさなければならない社会的な責任に属したからである。「業」が〈生きるためにしなければならない仕事〉の意だとすれば、唐晅は当然のことながら〈士分〉ではなく、関隴貴族のむすめが農民や職人に嫁ぐはずもなかろうから、とすれば彼は必然的に商人だったことになると思われる。「業を論ずれば、君、合《まさ》に再婚すべし」とはおそらく、「商人である以上、あなたが家を空けている間、留守をあずかって家の切り盛りをする妻の存在は欠かせません」の意であろう。そこにいう〈再婚〉は〈家〉の一翼を担う正式な婚姻をいうのであって、側室等を置いて夫の身の回りの世話を焼く程度のものではなかったのである。

なお、物語の後半部には「妻の両親は彼女を、北庭トルファンの都護・鄭乾観の甥の明遠に嫁がせようとした」という展開がある。妻の家系・安定の張氏にとっては、「北庭トルファンの都護（オアシスを警護するために置かれた駐留軍のヘッド・クオーター）」に当たる家系こそがまさしく〈門当戸《メンタンフー》対《トイ》（家柄が釣り合った結婚相手）〉だったに違いない。しかるに、その再婚は成立せず、彼女は引き続き両親と暮らし続けることになる。この背後には必ずや当時の西域をめぐる軍事情勢があったはずだが、それを分析する能力はいまの筆者にはない。いずれにしても本『唐晅』は、盛唐期のそうした社会情勢を背景に書かれた一種の〈実録〉なのであって、単純な愛の物語ではなかったと思われる。

◈死後の〈魂魄〉

次に、物語に反映された、当時の死生観について見てみよう。

本篇のほぼ中央に「仏と道と、いずれを是非とせん（仏教と道教と、どちらが正しいのでしょう）」という唐晅の問いかけがあるように、本作は、この当時に議論されたであろうさまざまな死生観を統合し、整合性をもった新たな観念を提示しようとする点に重要な〈もくろみ〉のひとつがあったと思われる。唐晅の問いにたいし、妻は次のように答えている、「仏教と道教は同源異派に過ぎません。これとは別に〈太極仙品〉という霊魂のランクと、それらの霊魂を管理する〈総霊の司〉という役所、形のある世界から虚無の世界へ移行するという〈出有入無〉の大原則などがございまして、天地宇宙が運行する道理は実に奥深く大きなものでございます。そのほかのことは人の世で言われている通りでございますが、いま詳しくこれを申せば、わたくしもあなたも、きっと咎を負うことになりましょう(1)」と。

仏教と道教の生命観の違いをもっとも単純に要約するなら、仏教は輪廻転生を繰り返す〈生命の循環〉を前提にしているのにたいし、道教は、一つの生命が〈陽間《このよ》〉と〈陰間《あのよ》〉の間を行き来する〈居場所の交替〉を基本にしているように思われる。仏教では、生き物は何度でも生まれかわって、その度に〈形骸〉を更新していくのだが、道教にあっては、人が死ねば、その霊魂はこの世から冥界に居場所を替えるだけであって、別の人物や生き物に肉体を入れ替えることは基本的にはなかったのである。こうした仏教と道教にたいし、彼女は「これとは別に〈太極仙品〉という霊魂のランクと、それらの霊魂を管理する〈総霊の司〉という役所がある」と述べている。ここにいう「これとは別に」とは、「仏教と道教以外に第三の道があって」の意ではおそらくなく、「仏教と道教を包括する〈大道〉が別にあって」の意であるに違いない。すなわち、天地宇宙はひとつの原理によって統括されているのであり、その原理の別々の表象が仏教と道教である、というのであろう。

——この世とあの世にいるすべての人びとを管理する〈総霊の司〉という役所があって、そこでは、人の霊魂をランクに応じて登録した帳簿が管理されている。人は、その霊魂のランクに応じて死後の暮らしも決まっていて、転生を繰り返す運命のものは生生流転を余儀なくされ、〈仙骨〉をもつものは〈仙界〉にながく留まる。また、冥界で暮らすべきものは〈陰間《あのよ》〉にながく居続けるが、霊魂の最終的な帰着先は〈無〉にあって、そこへは、〈陽間《このよ》〉や〈陰間《あのよ》〉といった〈有〉の世界から離脱し、解放された末に到達する。その〈有を出て無に入る〉摂理こそが天地や宇宙、すべての世界をおおう大原則なのである。——

彼女が述べたことをこのように解釈するなら、〈太極仙品〉や〈総霊の司〉という〈生命の秘密〉は、多分に道教的な、中国が伝統的に形成してきた世界観に近いものと考えることができるだろう。

中国には、人の霊魂や肉体の成り立ちを説明した「〈魂魄《こんぱく》〉二元論」が古くからあって、たとえば『春秋左氏伝《しゅんじゅうさしでん》』「昭公《しょうこう》七年」は子産《しさん》の言を引いて「人は生まれて形をとり、陰の気たる〈魄《はく》〉がまず生まれる。その〈魄〉が陽の気の〈魂《こん》〉を生む。気の働きが盛んになる精美なものを摂取すれば〈魂〉〈魄〉も強力になり、気のエッセンスは神明の域に達する」と述べている。また、『大戴礼記《だたいらいき》』においては「陽のエッセンスを〈神(=魂)〉といい、陰のエッセンスを〈霊(=魄)〉という。神・霊とは物を物として成り立たせる本源である」ともいう。〈魄〉とは、肉体を肉体たらしめる形而下の要素をいい、その〈魄〉が形而上的な〈魂〉を生んで、人は、肉体と精神を完備した人になる。人が生まれるとき、肉体(=魄)がまず形成されて、その肉体が〈魂〉を生むのだから、〈魂〉と〈魄〉とは一対一で対応している。そのことはすなわち、人が死を迎えて〈魂〉と〈魄〉とが分離しても、浮遊する〈魂〉は自身を生んだ〈魄〉にしか戻るべき場所はないことを意味しただろう。

唐晅の妻はその談話中にあって、〈魂〉を〈神霊〉といい〈魄〉を〈形骸〉と呼びはしているものの、自身の死後の帰着先を〈神霊〉と〈形骸〉の二つに分けて述べており、中国が先秦期から形成してきた「〈魂魄〉二元論」に立脚して立論しているのは明らかなのだが、ただし、彼女は次のようにも述べていた。

――人は死後、〈形骸〉を失って〈神霊〉のみになる。その過程は夢に落ちていく時に似て、自身の肉体をまるで顧慮することなく意識のみが自由に飛翔する。そのため〈神霊〉は、自身がどのように〈形骸〉を離れ、残された〈形骸〉がどこに埋葬されたかを知ることはない。――

こうした考え方は、あるいは、〈死とともに肉体は消滅する〉とする仏教的な生命観と中国的な「〈魂魄〉二元論」とがどのように折り合いをつけたか、その融合の過程を物語っているのかもしれない。仏教の教えによれば、人は死後、肉体は火葬されて〈神霊〉のみが転生を重ねていく。つまり、〈神霊〉は返るべき〈形骸〉をもたないのである。彼女がいう「〈神霊〉は〈形骸〉を関知しない」とは、返るべき〈形骸〉を必要としない点においては仏教的な生命観に傾斜するが、個別の〈神霊〉に対応する〈形骸〉が一つしか想定されていない点においては、依然として伝統的な「〈魂魄〉二元論」の枠内にあるといえるのである。彼女の〈神霊〉はこの世の中で転生を遂げたのではなく、冥界に飛翔して、かつて自身の肉体が所属した張家のむすめとしての暮らしを続けているのである。

人の〈神霊〉は、〈太極仙品〉のランクに応じて〈総霊の司〉が定めた運命の通りに死後も生き続ける。それと同様、死後の〈形骸〉がどのように扱われるかも〈太極仙品〉のランクに応じて定められていたに違いない。この世に生きる人たちが自身の命運を知らずに暮らしているように、死後の〈神霊〉もおそらく、自身の〈太極仙品〉がどのように規定されているのか、あまり多くを知らずに暮らしているに違いない。この世の人たちが役所に管理されて暮らしているように、死後の〈神霊〉も〈総霊の司〉の管理の下に暮らしているのである。
ちなみに、彼女は唐晅が与えてくれた紙人形を奴婢として使用していたが、それはおそらく、それらの紙人形が墓内に収められただけでなく、墓前で焼くことによって冥界の〈神霊〉に直接届けられたからではあるまいか。また、唐晅の妻は「冥界では美食の類は何でも備わっておりますが、お粥だけは食べることができません」とも述べていた。冥界の〈神霊〉にとってお粥が摂取不能なのもおそらく、それが液体で、焼いて届けることができないからだろう。お粥とは当時、墓前に供えるか、ないしは大地に注ぐものだったのである。

また、ここでもうひとつ注目しなければならないのは、妻がなぜ〈形骸〉に言及することになったのか、二人の対話の流れであろう。〈形骸〉の語は、原文で示せば、以下のような遣り取りの中で論及される。

――晅、簾帷を下《おろ》さしめ、申《かさ》ねて繾綣《けんかん》たるに、宛《えん》として平生の如きも、状は惟だ手足と呼吸の冷たきのみ。「冥中は何処《いずこ》に居るや」と問えば、答えて「舅姑の左右に在り」と曰う。晅、曰く、「娘子《あなた》の神霊は此《か》くの如し、何ぞ還《ま》た生に返らざらんや」と。――

ここにいう「申《かさ》ねて繾綣《けんかん》たるに」はおそらく夫婦の交わりをいい、ふたりは昔のように枕をともにした。妻は幽鬼でありながら肉体をもち、ただ手足と息だけが冷たく感じられた。そこで唐晅は、妻が別人に転生していくのではなく、現在の状態のまま生き返ることはできないのかと考え、今の住まいから蘇生してくる可能性を問うた。それに答えて妻が述べたのが「蘇生に必要な

〈形骸〉を〈神霊〉は関知しない」という言葉だった。つまり、夫の眼前に姿を現した妻の幽鬼は〈魂〉のみであったが、それでもなお枕をともにするほどの実体をもって彼女は出現していたのである。中国古来の「〈魂魄〉二元論」にあっては、〈魄〉なくして実体をとることはあり得なかった。この故に本篇は、〈太極仙品〉の秘密を唐晅の妻の口を借りて語る必要があったものと思われる。

◈〈夫婦合葬〉と〈魂魄〉

中国の墓制は、本作の中でも述べられている通り、古代より、夫婦合葬を基本とした。それ故に唐晅も、「私が死んであなたと同じ墓に入る日もそう遠くはあるまい」と、二人がやがて墓内で邂逅するであろうことを述べた。しかし妻は、「夫婦は合葬するものと私も聞いておりましたが、それは〈形骸〉をともにするだけのこと。〈神霊〉は、実際には顔を合わせません」といい、「私は死んで後、死んだ時のことを覚えておりませんし、どこに埋葬されたかも存じません」とも述べていた。夫婦合葬がある種の誤解に基づく実態のない制度であることをいうのである。その上で彼女は、さらに「夫婦合葬という〈形骸〉のことに煩わされる必要はありません」ともいう。では、彼女の肉体は一体どこに埋葬され、「肉体に煩わされる必要はない」とは具体的にはどのような意味だったのだろう。

唐晅の妻は結婚後、自身の実家があった河南滑州の衛南に住み、唐晅の留守中に、その衛南で死を迎えている。彼女の幽鬼は、唐晅が衛南に帰省した折、旧居にあたる彼女の実家に出現し、

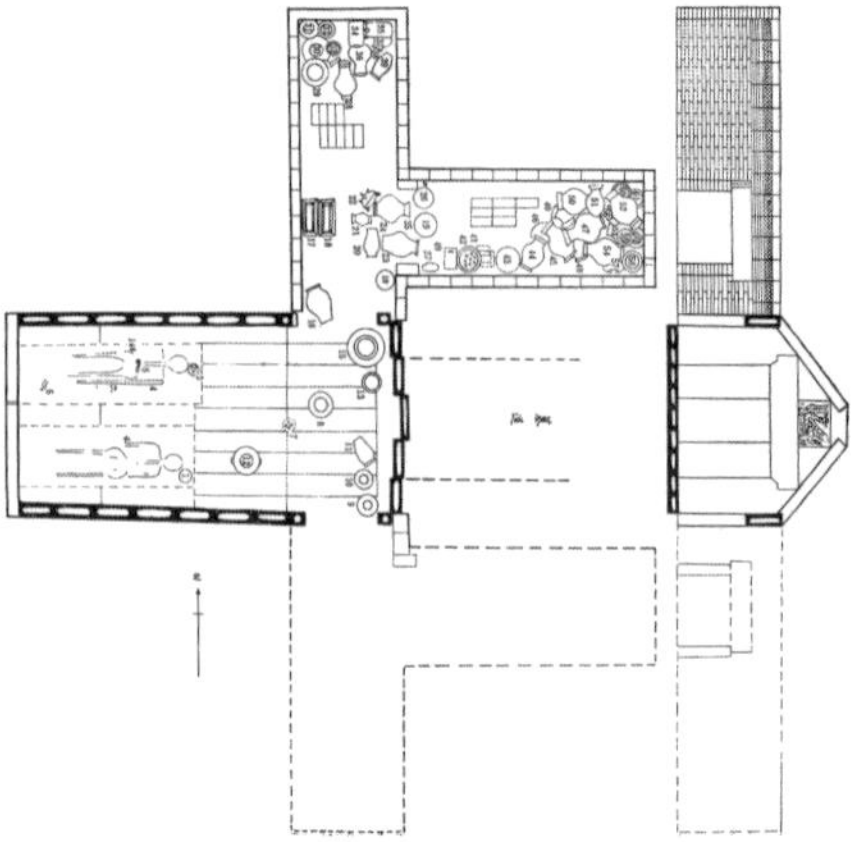

［図15］西漢卜千秋壁画墓　見取り図

中国の墓制は、古代から近世にいたるまで、親子兄弟は墓を共有せず、夫婦が合葬されることを基本とした。古墓の発掘調査報告や墓碑類、古小説類の記述によれば、一定の社会階層に属する男子は自身の入る墳墓をしかるべき年齢に達すると自身で用意し、すべての妻妾とともに、死去した順番にしたがって収められていくのを原則としたようである。中国では古くから土葬を慣習とし、仏教徒であっても火葬しないケースが多く見られた。ただし、遼・金・元期の北京あたりでは火葬がかなり普及していたという。また、妻や子供が夭折して自身の墳墓がまだ用意されていない場合には、すでにある父母や親戚の墳墓に適当な理由を設けて葬ったとみられる。唐晅の妻の場合はおそらくこれに当たるが、彼女の場合、埋葬された墓が張家のものか唐家のものかは判然としない。［図15］は、墳墓全体は東向きに造られ、東から墓道を入ってきた奥の墓室に夫婦の遺体が東に頭を向けて安置される。

［図16］偃師朱村東漢壁画墓　見取り図
墳墓全体は北向きに造られ、北から墓道を入ってきた奥の南壁に夫婦の饗宴図が置かれる。

〔図17〕平陽稷山馬村4号墓　墓主坐像

〔図18〕平陽稷山馬村8号墓　墓主坐像

〔図19〕平陽侯馬董明墓　墓主坐像

〔図20〕平陽侯馬董氏墓　墓主坐像

〔図21〕平陽稷山馬村2号墓　墓主坐像

〔図22〕平陽侯馬董海墓　墓主坐像

1964年、鉄道施設工事の最中に山西省平陽において、およそ20基ほどの古墓が発掘され、その後の調査の結果、そのうちのほとんどが金朝時代に造営されたものであることが判明した。それら金墓はみな同様の規格で造営され、墓一基ずつはすべて夫婦合葬墓であり、墓室内の壁面は四合院の家屋を模した装飾が施され、墓主が横たわる空間は四合院の中庭風に造られる。また、墓室内の墓門は四合院に入る門楼のように作られ、左右に門神の像が配される。さらに、墓室の墓門にたいする壁面に、墓主の「真容（肖像）」（彫像・レリーフ・絵画）に当たるものが配置されている。図17～22はすべて、その「真容」である。なお、図19、20、22は同族の親戚たちであり、図17、18、21もおそらく同様であろう。

また、彼女自身も「私はいま私の父母とともに居ります」と述べていた。〈陰間《あのよ》〉と〈陽間《このよ》〉の隔たりはあるものの、少なくとも彼女の〈神霊《たましい》〉は、〈陰間《あのよ》〉にある自身の実家、すなわち、〈陽間《このよ》〉にある衛南の別荘に、目には見えないが生前と同様に在り続けたことになる。だとすれば、彼女の遺骸がかりに衛南のどこかに埋葬されていたとしても、その墳墓は、あるいは、彼女の実家が関知しない、〈神霊〉にとってはまったく未知の場所だったのかもしれない。実家が代々管理した墓所であれば、彼女がそれを認知しないはずはないように思うからである。

しかるに一方、唐晅は「私が死んであなたと同じ墓に入る日もそう遠くはあるまい（「同穴も遠からず」）」と述べていた。

この一言は、中国の墓制を前提とする限り、男子は自身が造営した墳墓に入るのが当たり前だったから、唐晅が入り婿でない限り、「私があなたと阿美を葬った唐家ゆかりの墳墓にそのうち入るであろう」と述べるに等しい。また、前節の本文中には〈倍葬の紙人形〉について述べた「唐晅が洛陽からの道中に立ち寄って供えた供物（原文は「晅、京（洛陽）従《よ》り廻る日に」という）」という一句もあった。とすれば、妻の遺骸が埋葬されたのは洛陽近辺のどこかで（衛南も洛陽の近辺といえるだろう）、そこは唐家ゆかりの墓所だった可能性もあるだろう。

唐晅の妻が結局どこに埋葬されたのか、明確な記述がない以上、これ以上詮索しても仕方のないことだが、ただ、ここで確認しておかなければならないのは、〈夫婦合葬〉という制度は元来、夫の死に妻を殉《したが》わしめ、そのことによって妻に、子孫たちによる祭祀を受け続ける〈権利〉を与えるとともに、夫の半身として永遠に同穴し続ける〈義務〉を負わしめるものだったことだろう。唐晅の妻は、だが、生前も死後も一貫して自身の実家に暮らし、男子はおらず、北庭の鄭家に改嫁するよう実の親兄弟に迫られるなど、一度として夫家に所属したことがなかった。彼女はむしろ、〈張家のむすめ〉としての生き方以外にどのような人生も与えられてはいなかった。彼女が述べた「夫婦合葬などという〈形骸〉のことに煩わされる必要はありません」とは、要するに、「あなたとわたしがたとえ〈形骸〉を共にしたとしても、わたしがあなたの形式上の正妻になることは決してないのです」という、一種の放棄宣言だったと思われる。

◈再婚について

張十娘の亡霊が現れた時、彼女の言によれば、唐晅は淮南の女性とすでに「再婚」していたという。ここにいう「再婚」は、「再婚」と表現されるのだから正式な再婚であって、側女《そばめ》を置くような種類のものではなかったはずである。とすれば、仮に唐晅が死んだ場合、彼はこの新しい妻と〈形骸〉を共にして墳墓に入るのであって、張十娘が眠る墓にそのまま埋葬されるわけではなかった。張十娘が述べた「夫婦合葬などという〈形骸〉のことに煩わされる必要はありません」という言の真の意味はここにあって、つまり彼女は、死んだ妻のために新人を阻害することがあってはならないと述べているのである。彼女の言は一面で、唐晅にたいして自身がいだく未練を懸命に振り切ろうとする訣別の誓詞だったのかもしれない。

『唐晅』は、二人の未来を暗示して、次のように結ばれる。

しばらくすると門を叩《たた》く音がし、妻の父母が丹参《たんしん》という召使いをよこし、「夜が明ければ冥界の官吏が督促するでしょう」と妻をせかした。妻は泣く泣く立ち上がり、唐晅に別れを告げた。唐晅は、父母への手紙をしたためて妻に渡し、衣を整えると、嗅いだこともない鬱《うっ》然《ぜん》たる香りが漂った。

――この香はどこで手に入れたのか。――

唐晅が問うと

――韓寿《かんじゅ》が賈充《かじゅう》のむすめより贈られたあの品の余香です*1。わたくしがこちらに参ります際、父母が授けたものにございます。――

唐晅は妻の手をとり、問うた。

――今度はいつ会えるのか。――

妻は答えた。

――四十年後です。――

そういうと、羅の帛を与えて記念の品とした。唐晅が金鈿《きんでん》の蓋物を返礼の品とすると、妻は述べた。

――夜明けが迫っております、ぐずぐずはできません。これから四十年のうちは、たとえ墓参りをして私を祭ろうと、すべては無益でございます。ただ、必ずわたくしに饗応したいとお思いになる場合には、月を終える最後の闇の日の黄昏時に、田野ないし河畔にて、わたくしの名前か字をお呼び下さい。すべては必ずわたくしに届きましょう。語り合う時間はもうございません、どうかご自愛を。――いい終わると、車に乗って去って行った。袂《たもと》を挙げ、しばらくすると消えたのは、唐晅の家の者が全員見たことであった。

〔事は唐晅の手記に見える〕

＊1―晋の賈充のむすめは韓寿と私通し、父が帝から拝受した名香をひそかに韓寿に与えた。その香の余香は数か月たっても消えず、そのため賈充の知る所となり、むすめを韓寿に娶せることとなった。事は『世説新語』に見える。

妻が四十年後の再会を約束するのは、おそらく、唐晅の死をいうものだろう。彼女は唐晅の寿命を伝え、その間は二人の縁も途切れ、自身を祭る手立ても一切ないことを教え、姿を消すのである。二人は四十年後に、いったいどのような立場で顔を合わせるのだろう。

四——馮婆さんが語るには

現世に生きる男性が冥界の女性と愛の交感を結ぶ〈唐人伝奇〉に、『太平広記』巻三四〇「鬼二五」が収める有名な『李章武伝《りしょうぶでん》』という作品がある。右の『唐晅』はこの『李章武伝』の先蹤としてしばしば論じられてきた物語であったが、『李章武伝』は元来、かつて情を交わしたことのある人妻が幽鬼となって再び李章武の前に現れるというだけの一種のポルノグラフィーであって、妻との邂逅によって夫の人生がどのように変化するかを描こうとした〈変泰〉の物語ではなかった。『唐晅』の主題はおそらく、門閥の女との婚姻そのものにあるのであり、そこで真に語られているのは、前妻がもたらした富や家名をそのまま所持して唐晅が新たな人生に乗り出していく、その運命の不思議だったといえるだろう。

『後漢書《ごかんじょ》』「列伝巻一六」「宋弘伝《そうこうでん》」には、光武帝が宋弘に「貴くして交《まじわ》りを易《か》え、富みて妻を易えるは人情ならんか」と問いかけた有名な逸話がある。「偉くなったら交際相手を換え、金持ちになったら妻を換えるというのは人情の常であろう」というのである。それに対し宋弘は、「わたくしは『貧賤《ひんせん》の交りは忘るべからず、糟糠《そうこう》の妻は堂《どう》を下《くだ》さず』と聞いております」と答えたという。すなわち、「身分もなく貧しい頃の友は生涯の友であり、糟《かす》・糠《ぬか》を食べて苦労をともにした妻は生涯離縁しない」というのである。ここには、自身の出世に応じてどのように生き方を変えていくかという、中国の知識層が古くからかかえた人生設計上の問題があるのだが、従来の門閥とは異なった新たな政治勢力が急速に伸長することによって、唐代には、文学上の素材や主題においても、門閥のむすめとの婚姻による〈発跡変泰〉が新たな問題として取り上げられるようになったと思われる。

『唐暄』を先蹤とする作品として取り上げられるべきは『李章武伝』ではなく、おそらく李公佐の『盧江《ろこう》の馮媼《ふうおう》』であろう。『太平広記』巻三四三「鬼 二八」が収録する本篇は、盧江の馮媼という女性が出会った亡霊を描いて、次のようにいう。

馮婆《ふうばあ》さんは、盧江城中で働く巡査の嫁だった。夫に死なれ、子供もおらず貧乏で、町内の連中に卑《いや》しまれ、追い出されてしまった。元和《げんな》四年(八〇九)、盧江から東側の楚州《そしゅう》・揚州《ようしゅう》が大飢饉になったため、西側の舒城《じょじょう》方面に食を求めて流れて行った。途中、牛を飼う野原を過ぎて行ったが、夜、風雨になったので、桑畑の木陰に身を避けた。

ふと見れば、道端の一軒から灯火がちらちら洩れている。婆さんはそこで宿を求めに行ってみると、年は二十歳あまりの、美しく着飾って、三歳ばかりの子供を連れた女性が、門に寄りかかって泣いている。進み出ると、さらに爺《じい》さんと婆《ばあ》さんとがいて、長椅子にもたれて坐っている。険しい表情をして、ぐずぐずと小言をいっているのだ。なんでも財産がどうのこうので、女性を追い出そうとしている様子だった。馮婆さんが来たのを見て、爺さん婆さんは黙って席を立ったのだった。女はしばらくして泣きやみ、内に入って食事の用意をし、長椅子を整えて馮婆さんを迎え入れて休ませた。

馮婆さんはわけを訊ねた。女はまた泣き出して、涙ながらに述べた。

——この子の父親はわたしの夫なのですが、明日、別の人を妻にするのです。——

婆さんは訊ねた。

——さっきの年寄り夫婦は誰だい。あんたに何をよこせといって怒っているのかね。——

女は答えた。

——あれはわたしの舅《しゅうと》と姑《しゅうとめ》です。息子が別の人と結婚するんだから、農耕《はたけしごと》や桑採《くわつ》みにつかう大籠《かご》・小籠、機織《はたお》りや裁縫《さいほう》に使う刀《かたな》や定規《じょうぎ》、ご先祖のお祭りに使う昔からの奉げ物など、それら大事な品々をすべて新しい嫁に渡しなさいっていうんです。そんなこと、悔しくてできません、それで叱られていたんです。——

婆さんが

——あんたの亭主は何処《どこ》にいるのかね。——

と問うと、女は

——私は楚州淮陰県《そしゅうわいいんけん》の知事・梁倩《りょうせい》のむすめで、董氏《とうし》に嫁いで七年、二男一女を儲けました。私が生んだ息子は二人とも父親の手元にいて、むすめがこの子。上《のぼ》りの街道の次の町にいる董江《とうこう》という人がわが夫、いま、河南道亳州鄼県《はくしゅうさんけん》の助役を勤め、家には随分な財産が貯まっています。——

といい、たまらなくなって、またはげしく泣きだした。婆さんは別段あやしくも思わず、それに、久しく腹が減ってたまらなかったので、美食と布団に満足し、それきり何もいわなかった。女は夜明けまで泣き続けたのだった。

婆さんが出て行って二十里も行くと、(舒州の)桐城県に着いた。役所の東に立派な屋敷があって、幕や帳を張り巡らし、仔羊や鶏料理をそろえ、人びとが入り乱れ、「今夜はお役人様の婚礼だ」と騒いでいる。婆さんが花婿の名を訊ねると、董江である。

——董には妻がいるのに、なんでまた再婚するのかね。——

と婆さんがいうと、「董の奥さんとむすめは死んだのさ」と連中はいう。

——あたしゃ、夕べ雨にあって、董の奥さんの梁さん家《ち》に泊めてもらったんだよ。死んだなんていうんじゃないよ。——

と婆さんがいうと、町の連中が場所を訊く。そこは董の妻の墓だった。老人夫婦の容貌を訊ねてみると、それは董江の死んだ父母なのだ。董江はもともと舒州の人で、町の連中も彼のことはよく知っていた。董江に告げ口するものがいて、婆さんは妖術を使った廉《かど》で係の役人に追放されてしまったが、婆さんが話をしたお蔭で町の連中はみなため息をついたのだった。この夕べ、董江は式を挙げたのである。

元和六年（八一一）の夏五月、江淮従事《こうわいじゅうじ》のわたくし李公佐《りこうさ》は都《みやこ》に使いすることになった。その帰り、わたしは襄陽《じょうよう》に泊まり、渤海《ぼっかい》の高鉞《こうえつ》、天水《てんすい》の趙儹《ちょうさん》、河南《かなん》の宇文鼎《うぶんてい》と宿舎をともにした。その夕べ、みなでものがたりをし、知っていることを話したが、右は、その際、高鉞が語り、わたくし李公佐が書きとめたものである。

〔『異聞録』に出る〕

この『盧江の馮媼』は、右の末尾に〈はしがき〉があるように、おそらく元和六年（八一一）に李公佐が書き記したものであり、前掲『唐晅』より後出の作品と推測される。李公佐は、『南柯太守伝』や『謝小娥伝』の作者として知られ、〈唐代伝奇〉を代表する重要な作家の一人であるが、この『盧江の馮媼』が特別に注目されることはなかったように思われる。本作は確かに、女の幽鬼が出現してその怨みを述べただけの月並みな作品に見えるのだが、ただし、これを『唐晅』と比較した場合、〈馮婆さん〉という女性の語り手を設定して事態の内実をいったん秘匿し、そのことによって叙述全体に紆余曲折と意外性をもたらした点は、作者に与えられた記述者としての才能や手腕に大きな隔たりがあったことを物語っているように思われる。『盧江の馮媼』は、それなりの高手が苦心の上で書きあげた問題作だったのである。

本篇は、夫が出世したことによってうち捨てられた〈糟糠の妻〉の怨みを描く、としばしば誤解されて論じられる。だが、そうでないことはもはや明らかだろう。董江の妻はまず第一に〈淮陰令のむすめ〉であって下級役人のむすめではなかった。ここにいう「淮陰令」とは、「淮陰」が泗水と淮河が合流して大運河に流れ込んでいく要衝城市の名で、「令」は「県令」、すなわち〈県の長官〉の意。董江の妻は華北と江南を結ぶ拠点都市の知事を父にもったが、一方の董江は現職が河南道亳州鄼県の丞(次官)で、また、馮婆さんがその結婚式に遭遇したのが淮南道舒州においてであったから彼の出身も当地だったのだろう、とすれば彼は元来転勤族で、今は結婚式を挙げるために帰省してはいるが、普段は郷里を離れ、遠隔地で仕事をしていることになる。董江はおそらく、かつて淮陰県に奉職し、地元の有力者に見込まれて県令のむすめと結婚したのである。

また、当時、妻や子供が夭折すれば、ゆかりのある既存の墓に遺体を収めるのが一般的だったことはすでに述べた。右の董江の妻の場合、文中には「董妻墓」というものの、董江の父母が妻の霊と一緒に姿を現している点から見て、それが董江の父母の合葬墓だったことは動くまい。彼女はおそらく、三歳のむすめとともに病死でもして、むすめの遺体とともに、嫁ぎ先の父母の墓に合葬されていたのである。馮婆さんが最初に彼女と会った際、彼女は「容服美麗(見目うるわしく着飾っている)」であったと記述されるから、それなりの格式をもって葬られたのだと想像される。

また当時、妻が死ねば夫が再婚するのは当たり前であり、そのことに、妻が特段の怨みをいだいていたとは思えない。

彼女は次のように述べているのである。

今、嗣子は別に娶る、我が筐筥《きょうきょ》・刀尺《とうしゃく》・祭祀の旧物を徴して、以て新人に授けんとす。我、与えるに忍びず。是に斯の責あり。……董江、官は鄼丞《さんじょう》たりて、家に巨産を累《かさ》ぬ。

ここにいう「筐筥《きょうきょ》」は、『詩経《しきょう》』「周頌《しゅうしょう》」「閔予小子之什《びんよしょうしのじゅう》」「良耜《りょうし》[2]」に「或《あ》いは来《きた》って女《なんじ》を瞻《み》る、筐《かご》と筥《かご》とを載《の》す」というそれであり、社稷（大地の神と五穀の神）を祭るために用いる農耕儀礼用の籠をいい、また「刀尺（裁縫用の刀と定規）」は、『孔雀東南《くじゃくとうなん》に飛《と》ぶ[3]』における「新婦」がみずから花嫁衣装を作るために左手に持ったそれ。「筐筥・刀尺」は、彼女が持参金としてもってきた羅絹や裁縫道具一式をいうだろう。また、「祭祀の旧物」は、正妻が婚家において先祖の霊を祭る際に用いる「蘋蘩《ひんはん》[4]」の類を指し、要するに、一家の嫁に与えられた正妻としての名分をいう。つまり、董江の父母はその嫁に、結婚の際にもってきた持参金や正妻の立場をそっくりそのまま新妻に渡すよう迫っているのである。董江の妻はすでに死んで、しかも董江との〈同穴〉は望むべくもないのだろうから、正妻の立場を渡さないなど、現実には起こるはずのないことである。だが彼女には、董江の出世と現在の富はすべて自身がもたらした持参金と家名のお蔭だという気持ちがあって、「董江はいま、河南道亳州鄼県の助役を勤め、家には随分な財産が貯まっています」と、その悔しさをに

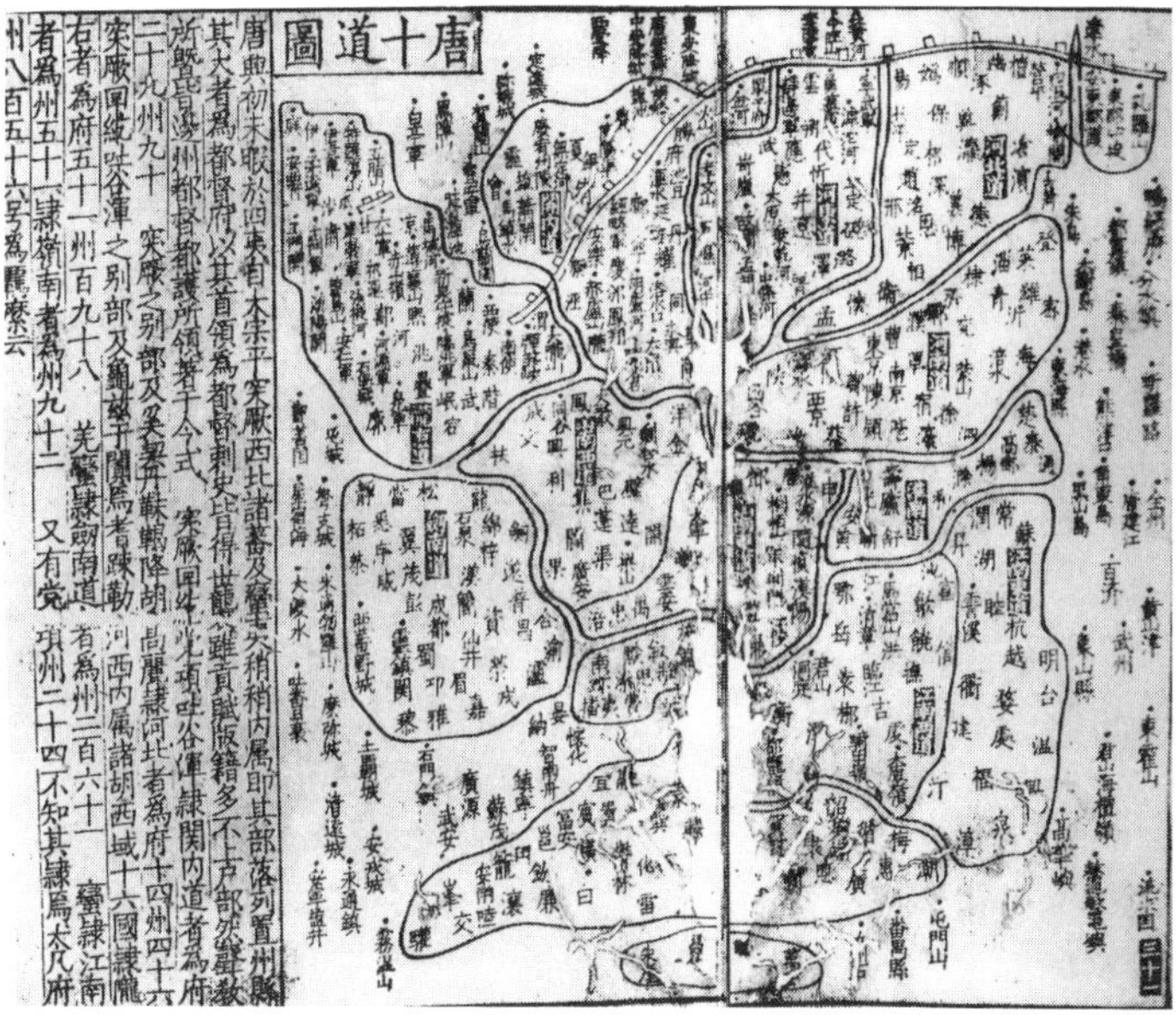

〔図23〕地図「唐十道図」
「唐十道図」は、宋・税安礼『歴代地理指掌図』に収められる。右側、中央に白抜きで「淮南道」とあり、そこに、右上から〈楚〉〈泰〉〈通〉〈高郵〉〈揚〉〈滁〉〈和〉とある。

じませる。彼女には、自身の運命を素直に受け入れて正妻の立場や持参金をすべて新妻に手渡す〈女徳〉のようなものが欠けているのだろう。夫の父母はその点をくどくどと、いつまでも苛むのである。しかもその小言は、三人が〈形骸〉をともにする限り永遠に続くのである。なんと惨めで悲しい死後だろう。

【注】

（1）天地宇宙が運行する大きな原理を〈天機（天のからくり）〉といい、「天機、漏らすべからず（天の秘密は漏らしてはならない）」という言葉があった。詳しくは、本書「柏林の奥にひそむもの」一六七頁参照。

（2）『詩経』は儒教経典のひとつ、「周頌」は周の祖先たちをほめたたえる舞楽をいい、「閔予小子之什」は「予の小子を憫（あわれ）む詩」という篇名、「良耜（良いすき）（婦女子の農耕をたたえる）」は「閔予小子之什」のうちの一篇の名。

（3）漢末の建安年間に廬江に実在したという焦仲卿とその妻劉氏の愛と死を歌った長篇物語詩。「焦仲卿の妻」とも呼ばれる。焦仲卿の妻劉氏は仲卿の母に追い出され、他に嫁がないと誓ったが、実家から再婚を迫られ、投水自殺を遂げる。焦仲卿はこれを聞き、みずから庭樹に首をかけて死んだ。両家は二人を合葬したという。

（4）『詩経』「召南」に諸侯の夫人、大夫の妻が（嫁ぎ先の）先祖の祭祀を奉ずるに足ることをたたえた「采蘋」「采蘩」の二詩がある。「蘋」はハスに似た浮草、「蘩」はシロヨモギで、これを先祖の神霊に奉げるという。

第三章

妻の実家と夫の処世

一——木偶が語ること

『盧江の馮媼』は、馮婆さんの話を聞いた集落の人びとの深いため息をもって結ばれる。このため息が、誰の何にむけてのため息だったかは明らかではないが、ただ、董江の非情をなじるものであるよりは、むしろ、妻の不運を慨嘆するものであったろうことは、「感嘆」という言葉が醸すニュアンスから見ておそらく間違いない。村の人びとがこの事件に示した反応は、夫にたいする〈怒り〉であるよりは、動かし難い運命にたいする〈諦め〉だったのである。

唐代の人びとにとって、性愛と婚姻、結婚と恋愛が次元を異にする別々の問題であったことはいうまでもない。恋愛や性愛は、個人の嗜好や趣味にかかわる私的な問題であったが、結婚は、一族の繁栄や自身の出世にかかわる、きわめて大きな政治問題だった。唐代はまた、さまざまな階層のさまざまな人生が歴史の表舞台に登場してきた時代でもあったから、時代に敏感な知識層はそこに新たな人間関係と運命とを発見し、〈門閥のむすめとの婚姻〉の中に新たな〈人生〉を見出していったと思われる。『唐晅』や『盧江の馮媼』が発掘した〈実録〉とは、〈妻が残した遺産〉を〈夫〉はどのように継承していくかという、かなり機微にかかわる問題だったのかもしれない。

第一章で取り上げた牛僧孺は安定（涇川）出身の「関隴貴族」であった。したがって彼は、元来、婚姻による〈発跡変泰〉に過度の期待を寄せる必要のない階層の出であったが、『太平広記』巻三七一「凶器《きょうき》 上」（〈凶器〉とは〈葬礼に用いる道具〉の意）には『曹恵《そうけい》』という、結婚の機微にかかわる実に面白い作品が収められているので、次にこれを紹介してみよう。そこでは、〈発跡変泰〉の本質についても語られているように思われる。

唐の高祖《こうそ》・李淵《りえん》が皇帝に即位したばかりの武徳《ぶとく》年間（六一八―六二六）のこと、曹恵という役人が江州《こうしゅう》（今の江西省九江市）の参軍となって赴任した。創業時ゆえに仏寺を官舎としたが、その正殿《せいでん》には二体の木彫《きぼ》りの人形が置いてあって、大きさは三四十センチほど、塗料や絵の具は剝落《はくらく》していたがきわめて精巧な作りであった。曹恵はもち帰って子供にあたえた。

ある日、子供が餅を食べていると、人形が子供の手を引き、「わたしにもくれ」という。子供は驚き、曹恵に知らせた。曹恵は「人形をもっておいで」と笑ったが、「わたしたちには軽《けい》素《そ》と軽紅《けいこう》という名前があるのです、人形などと呼ばないでいただきたい」といい、クルクルと目の玉をまわしながらあたりを駆《か》け回る様子は人と同じであった。

曹恵は問うた、

――お前たちは一体いつの時代のもので、なぜこのような怪異をなすのか。――

軽素と軽紅はこたえた。

――私たちは南斉の宣城《せんじょう》太守・謝眺《しゃちょう》さまのお家《うち》の人形です。当時、天下に名を馳せる優れた職人の中でも、沈隠侯《しんいんこう》・沈約《しんやく》さまのお家《うち》の下人《げにん》・孝忠《こうちゅう》にかなうものはおりませんでしたが、われわれ軽素と軽紅は元来その孝忠の手になるものでした。謝眺さまがお亡くなりになった際、沈隠侯さまはその死を傷まれ、葬儀の日にわれら二人を贈呈し、墓内に収めさせたのです。

ある時、軽素が墓内にいて、湯桶《ゆおけ》をもち、奥方様の楽《がく》夫人の足を洗っている時でした、外で武器の音と『チッ、チッ*1』と悪霊《あくりょう》を祓《はら》う声がしたのです。奥方様は畏《おそ》れられ、はだしのまま、おけらに変わってしまわれました。すると、二人の賊が松明《たいまつ》をもって現れ、墓内の財宝をことごとく盗んでいくのです。旦那様の謝眺さまはその時、《瑟《しっ》瑟《しっ》の環《たま》（瑟瑟という名の珠玉で作った環）》というものを口腔内《こうこうない》に含んでいらっしゃいましたが、盗賊は顎《あご》を砕《くだ》き、その《瑟瑟の環》まで奪ったのです。盗賊は軽紅たちを松明で見つけだし、『この二体の副葬品は最高だぜ、子供にあたえて遊び道具にしてくれるわ』と、もち帰ったのです。それが天正《てんせい》二年（天正は南朝・梁の預章王の元号で、五五二年）のことでした。以来、数家を流れ歩いたのですが、南朝・陳《ちん》の末年、北朝・隋《ずい》の将軍・麦鉄杖《ばいてつじょう》*2の甥っ子（兄弟の子）の咬頭《ようとう》が北兵を率《ひき》いて攻め来《きた》り、今日に至ったのです。――

曹恵は問うた。

――謝朓殿は王敬則《おうけいそく》のむすめを妻にしたと私は聞いているが、お前はなぜ楽《がく》夫人などというのだ。――

軽素はいう。

――王敬則のむすめを娶《めと》ったのは生前のこと。楽夫人というのは、死後、冥界で娶った妻なのです。王夫人は下賤《げせん》な商家の生まれ、粗忽《そこつ》で力任《ちからまか》せのひとだったのです。墓の中でも謝朓さまとはそりが合わず、彼が難しい顔をしているのを見ては石を砕いて堰《せき》を設け、夫を威圧しようとしたのです。謝朓さまはそのことをこっそり天帝《てんてい》に申し上げ、天帝も離縁をお許しになり、二女一男はことごとく母方に引き取られていきました。そこで謝朓さまは、楽広《がくこう》さま＊3の第八女という、たいへんお綺麗《きれい》で、書《しょ》もお上手だし、琴《きん》を好んで弾かれる貴族のお嬢様と再婚されたのです。楽広のお嬢様は殷東陽《いんとうよう》仲文《ちゅうぶん》さま＊4や謝荊州《しゃけいしゅう》晦《かい》さま＊5の奥方と仲良しで、日々、自由に行き来されておりました。

謝朓さまは日ごろよくおっしゃっていました、『いにしえの詩人の中でわたしが唯一かなわないと思うのは、東阿王《とうあおう》・曹植《そうち》があるだけだ。その他の文士など、みなまな板の上の肉同様。切りきざんで簡単に調理してくれる』と。その証拠に、謝朓さまはいま、吏《り》部《ぶ》において任官試験の責任者をお務めになり＊6、かの潘黄門《はんこうもん》・潘岳《はんがく》さまと同列で、肥った馬に乗り絹の衣を身にまとって、生前より百倍も偉くおなりです。ですから、十日に一度ずつ、晋・宋・斉・梁それぞれの朝廷に出仕あそばされ、たいへんお忙しくされております。近ごろはそれも止めてしまわれた、とお聞きしましたが。――

曹恵は問うた、「お前たち二人にはかくも勝れた霊力がある。しかるべき場所に喜捨《きしゃ》しようと思うが、どうだろう」。

――わたしたち、変幻自在ではありますが、もち主のあなたが解放してくださらなければ、結局はここから逃れることはできません。廬山《ろざん》の山神がわれら軽素・軽紅を舞姫《まいひめ》として側に置きたいとお思いのようです。いまお暇《いとま》をお許し願えれば、こんな栄誉《えいよ》はございません。身勝手《みがって》をお許しくださるなら、絵師《えし》にお願いして、わたしたちに紅白粉《べにおしろい》を加えていただきたく存じます。――

曹恵はさっそく職人を呼び、これを描かせ、錦繡《きんしゅう》の衣裳を着せてやった。軽素・軽紅は喜び、いうのだった。

――ここまでしていただければ、舞姫としてではなく夫人として迎えられるに違いありません。お礼のしようもございませんので、《秘密の言葉》を残してまいりたいと存じます。百代のうち、他人が解いてさえ、その言葉を理解したものは必ず忠臣となり、高い官位に就いてまいりました。曰《いわ》く、

鶏角入骨　　鶏の角は骨に入る
紫鶴喫黄鼠　　紫鶴　黄鼠を喫《く》いたり

申不害
五通泉室
為六代吉昌

申不害[*7]
五たび泉室（墓室）に通ず
六代の吉昌と為す

と申すのです。――

こういいおわると、軽素・軽紅は消えてしまった。

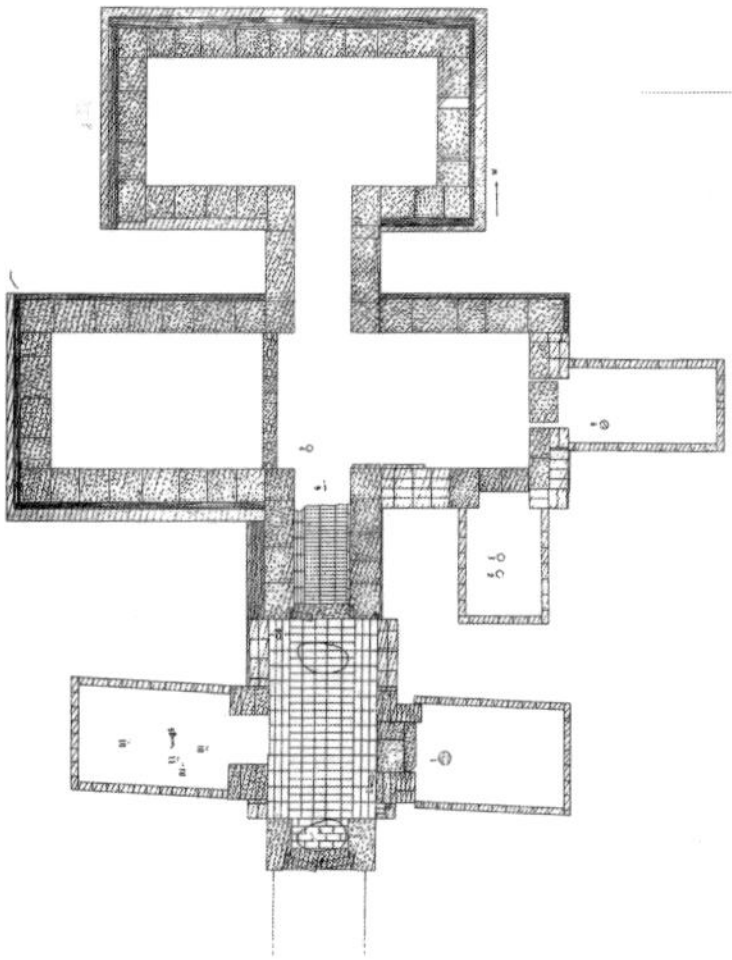

〔図24〕「機車工廠東漢壁画墓　墓内見取り図」

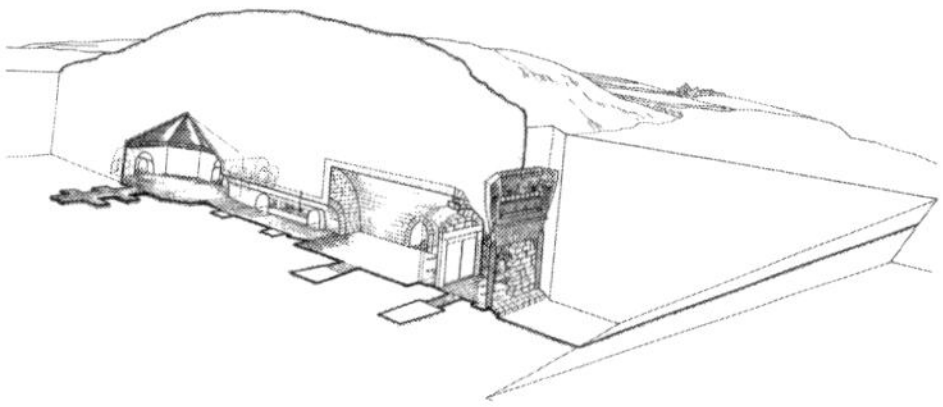

〔図25〕「李茂貞夫婦墓　墓内見取り図」
両図ともに、貴人夫婦が葬られた比較的規模の大きな墳墓の見取り図。〔図24〕は左右に、〔図25〕は前後に、それぞれ複数の部屋が設けられる。王敬則のむすめが「堰を設けた」というのはおそらく、墓内の石を砕いて仕切りを設けたことをいうだろう。

その後、廬山の山神廟で祈る者があった。女巫がいうには、「山神はちかごろ二人の側室を迎えられ、翡翠《かわせみ》の釵《かんざし》と花《はな》の簪《かんざし》をご所望《しょもう》じゃ。お前がこれらを捜し求め寄進すれば、ご利益があるであろう」。そのものがこれを買いもとめ、焼いて神に届けると、満願成就《まんがんじょうじゅ》したという。

曹恵もまた《秘密の言葉》の意味を知ることはできなかった。彼は当時の賢者を訪ね歩いたが、誰も解くことができなかった。後代、中書令《ちゅうしょれい》となった岑文本《しんぶんほん》＊8はその第三句の意味を理解したというが、他人に教えることはなかった、という。

〔『玄怪録』に出る〕

＊1―原文は「称敕」。「敕」は悪霊を祓うために挙げる舌を鳴らす音。墓あらしが墓主の祟りを畏れているのである。

＊2―麦鉄杖は実在の人物。『隋書』巻六四に伝がある。ただし、その甥の咬頭という人物については不明。

＊3―楽広は、字は彦輔。『晋書』巻四三に伝がある。また、『世説新語』「言語第二」25話を参照。

＊4―殷仲文は『晋書』巻九九に伝がある。また、『資治通鑑』巻一一二「元興元年」の条参照。

＊5―謝晦は『南史』巻一九に伝がある。

＊6―原文は「南曹典銓郎」。

＊7―「申不害」は人名。戦国時代の韓の名宰相。黄老思想に基づいて政治を行い、富国強兵を達成したといわれる。『史記』に伝がある。ただし、ここにいう「申不害」がその人を指すか否かは不明。

＊8―岑文本は隋から唐にかけての人。江陵に生まれ、はじめ蕭銑に仕えたが唐軍の南伐に帰順し、太

宗朝では中書侍郎専典機密から中書令にまで昇った。『旧唐書』巻七〇と『新唐書』巻一〇二に伝がある。
なお、岑文本が神仏の援助によって命をつなぎ、また〈発跡変泰〉を遂げたことについては、『太平広記』巻一六二「感応 二」と同巻四〇五「宝 六〈銭〉」とに「岑文本」と題される別々の小説が収録されている。「岑文本が何らかの《天機》を握って出世した」とする風聞は唐初からあったと思われる。

本作の内容を十全に理解するためには、そこに登場する歴史上の人物について、およそのことは知っておかなければならない。まず、それを解説しておこう。

この作品の主人公の一人は、いうまでもなく、六朝随一の詩人として知られる、南斉の宣城《せんじょう》（安徽省宣城市）太守・謝朓《しゃちょう》（字は玄暉）（四六四—四九九）である。彼は、随郡王《ずいぐんおう》・蕭子隆《しょうしりゅう》（武帝の第七子）の文学となってその文才を認められ、本篇に登場する沈約《しんやく》（沈隠侯）とともに竟陵王《きょうりょうおう》・蕭子良《しょうしりょう》（武帝の第二子）の「八友」として名を馳せた、名門貴族出身の文人官僚。唐代に、李白が彼に心酔したのは特に有名で、その精麗高雅な五言詩は沈約から「二百年来、此《こ》の作なし」と激賞され、いわゆる「永明体」の創始とされた。ただ、名門貴族らしい浮薄な批評好きの面が彼にはあって、それが災いして弾劾され、獄死している。右の『曹恵』は、そうした彼の世評を念頭に、むしろ彼を弁護するために人物やストーリーが構成されているように思われる。謝朓が王敬則《おうけいそく》のむすめを妻とし、その妻と仇讐を結んだのは、さまざまな書物に記述される、隠れのない事実だったようである。

一方、謝朓の岳父・王敬則（四三五―四九八）は下賤な生まれの人といい、母は女巫で、自身も軽業師から身を起こしたと史書は記述する。斉の高帝・蕭道成《しょうどうせい》と結び、四七七年、劉宋の高廃帝を殺して南斉建国の礎《いしずえ》を築き、彼自身も、高帝・武帝二朝にわたる元勲としての地位を不動のものにしたという。だが、南斉はきわめて不安定で短命な王朝であり、明帝・蕭鸞《しょうらん》が即位すると、明帝は高帝、武帝の子孫を次々に殺害し、また、旧臣を猜疑した。王敬則は高帝、武帝の厚遇を得て、驃騎《ひょうき》大将軍、司空《しくう》、太尉《たいい》と累進していたが、明帝が即位して会稽《かいけい》太守に追いやられ、心中はなはだ不安であった。そこで彼は、建武《けんぶ》五年（四九八）、都《みやこ》の建康にいた自身の第五子・王幼隆《おうようりゅう》を通じて南東海郡（鎮江）にいた謝朓に状況を知らせ、善後策を講じようとした。だが謝朓は畏れ、ただちにそれを朝廷に密告したのである。王敬則はついに反乱を起こして建康に攻め込んだが、それから二十日足らずのうちに敗死する。『南斉書《なんせいしょ》』の「謝朓伝」によれば、密告の恩賞として謝朓は尚書吏部郎《しょうしょりぶろう》を拝命し、また妻は、彼の密告を深く恨み、復讐せんがため刀を常に抱いていたという。謝朓も友人に「私が自分で王敬則を殺したわけではないが、彼の死には責任がある」と漏らしたといい、本篇が描く二人の離婚は、現世の遺恨がもたらした当然の帰結でもあった。

王敬則が敗死して謝朓が尚書吏部郎に昇進した一か月後の四九八年七月、明帝が崩御《ほうぎょ》して東昏侯・蕭宝巻《しょうほうかん》が即位する。すると今度は、明帝の従兄弟の江祏《こうせき》と江祀《こうし》が明帝の姪《てつ》（甥）・蕭遙光《しょうようこう》を皇帝に立てようと画策し、謝朓を仲間に引き込もうとする。が、謝朓は元来、定見のない軽佻浮薄な文人貴族だったからこれも怖くなって拒絶する。そうなれば、密告を畏れた江祏が先手を打つのは理の当然で、謝朓は江祏の弾劾を受け、逮捕・投獄されて翌四九九年に三十六歳の若さで獄死する。歴史書に描かれる謝朓はこのように、文学の才能に恵まれた名門の貴公子ではあったが、反面、義気や定見に欠けた身勝手な臆病者で、そうした彼の生きざまに、歴代の史書は乱世における処世の難しさを見てきたのである。

右の『曹恵』においても牛僧孺は、謝朓をある種の典型として描いており、むしろ文人貴族の理想像を見ているようにも思われる。『曹恵』にあっては、冥界における謝朓の二番目の妻は楽広《がくこう》のむすめであり、また、官界における謝朓の同僚は潘岳《はんがく》でもあった。謝朓と同時代人でもない楽広と潘岳が登場するのには当然理由があって、『世説新語《せせつしんご》』「文学篇《ぶんがくへん》」第七十条は次のようにいう。

尚書令の楽広《がくこう》は談論《だんろん》に長《た》けたが、文章は得意ではなかった。河南尹《かなんいん》を辞退しようとしたとき、潘岳《はんがく》に表文（上呈文）を書いてくれるよう頼んだ。潘岳は「もちろんです。ただ、あなたさまのお気持ちは必要です」というと、楽広は辞退の理由をおよそ二百字程度にまとめた。潘岳は、その中から要点をとり、ただちに名文を完成させた。時の人たちはみな述べた、「もし、楽広が潘岳の文を借りず、潘岳が楽広の旨《こころ》を取らなければ、あのような名文は完成しなかったろう」と。

「文質彬彬《ぶんしつひんぴん》、然《しか》る後《のち》に君子なり（装飾と内容とが両立してこそ君子である）」とは、『論語《ろんご》』「雍也篇《ようやへん》」にいう孔子の言葉であったが、右の末尾にいう「潘岳の文と楽広の旨《こころ》があってこそ、あのような美は成就されたのである」というのはまさにこの「文質彬彬、然る後に君子なり」という言葉を言い換えたものに他あるまい。謝朓は、家庭内においては「〈内実〉を代表する楽広のむすめ」と生活をともにし、朝廷においては「〈文〉を代表する潘岳その人」と仕事をともにしていたのである。ここに「君子の理想」が託されているのはいうまでもない。

また、『世説新語』「言語篇《げんごへん》」第二十五条には、楽広がむすめに言及する次のような一文がある。

　尚書令楽広のむすめは成都王《せいとおう》・司馬穎《しばえい》(武帝の第十六子という)に嫁いでいた。成都王の兄・長沙王司馬乂《ちょうさおうしばがい》(武帝の第六子という)は洛陽において実権を握り、軍を動かして成都王を殺そうとしていた。長沙王は小人《しょうじん》に親しみ君子《くんし》を遠ざけて、恵帝《けいてい》に仕える者たちはみな畏《おそ》れを懐《いだ》いていた。楽広は朝臣の輿望《よぼう》を背負《せお》い、また成都王の岳父でもあったので、群小の者たちは長沙王に讒言《ざんげん》し、長沙王は楽広に訊ねた。楽広は泰然自若のまま答えた、「豈《あ》に五男を以て一女を易《か》えんや」と。長沙王は納得して、以来、疑わなかった。

西晋末に談論の名手として知られた楽広は、そのむすめを、いわゆる〈八王の乱〉の当事者の一人・成都王司馬穎《しばえい》に嫁がせていた。斉王司馬冏《けい》を殺して先に洛陽を制圧した長沙王司馬乂《しばがい》は成都王に対抗心を燃やし、当時尚書令であった楽広に成都王との関係を絶つよう迫ったというのが右の引用の背景であった。その際、楽広は、たったひとこと「豈《あ》に五男を以て一女を易《か》えんや」と述べた、というのがこの逸話のポイントである。『晋書』巻四三「楽広伝」は右の『世説新語』を引用した後、「楽広には三人の男子があって、凱《がい》と肇《けい》と謨《ばく》である」といい、また、牛僧孺の『曹恵』も「楽広の第八女」と述べていたように、楽広には三男・八女があったのであり、『世説新語』がいう「五男」「一女」は楽広の実子の数を述べたものではない。では、『世説新語』がいう「豈に五男を以て一女を易えんや」とはいったいいかなる意味なのであろう。

この語について森三樹三郎氏は、「易の夬卦《かいか》を寓したものであろう」と解説している（中国古典文学大系9『世説新語　顔氏家訓』平凡社の当該箇所の注にいう）。「夬卦《かいか》䷪」とは、五陽《ごよう》（＝五男）の上に一陰（＝一女）が乗る「乾《けん》下、兌《だ》上」の卦《け》で、「剛（陽）が柔（陰）を排除しようとし、剛が成長すればすなわち終わる」の意だというのである。この意味で右の引用を解釈するなら、「豈に五男を以て一女を易えんや」とは「五陽があるからといって、一陰を去って夬卦を変えてしまうことはできない」、すなわち「易の夬卦から一陰を取り除くことができないように、長沙王の夬卦はすでに決定済みであって替えようがない」の意、となる。つまり楽広は、「むすめを離縁しようと何をしようと、長沙王の命運を変えることはできない」と述べているのである。

門閥であれ富家であれ、妻の家系が夫の処世にあれこれ口を出す唐代の風潮を、牛僧孺は苦々しく思っていたに違いない。『曹恵』に登場する謝眺は、実家を破滅させたという理由で自身を恨む妻にほとほと手を焼いていたのであろう、そこで天帝に頼み、自身の運命を替えてもらって再婚したのが楽広のむすめだった。彼女にはきっと父の薫陶があって、夫の処世に口を出すような出過ぎた所はなく、ただひたすら妻同士の社交にいそしんでいたに違いない。しかも、彼女の社交の相手は殷仲文《いんちゅうぶん》の妻や謝晦《しゃかい》の妻であった。殷仲文(?―四〇七)とは、東晋末に桓玄《かんげん》に投降し、桓玄が殺された後も投降の罪を許されることなく、劉裕《りゅうゆう》によって処刑された人物で、その妻とは、処刑の原因となった桓玄の姉だった。また謝晦(三九〇―四二六)も、劉裕から少帝の後見に指名されながら、四二四年、その少帝を廃立して殺害し、文帝を即位させ、さらに四二六年、その文帝から少帝弑逆《しいぎゃく》の罪を問われて処刑された人物であった。殷仲文も謝晦も、政争に巻き込まれて二重の裏切りを演じ、そのことを理由に処刑された人物であり、その妻たちも、そうした夫の運命に素直につき従った女たちだったのだ。牛僧孺が楽広のむすめの交際相手に選んだのは〈夫の処世に口出ししない女〉だった。そこに、牛僧孺の女性観が色濃く投影されているのは明らかだろう。

謝朓は冥界で妻を替えただけではない、軽素・軽紅という二体の人形を所有して、おそらく側《そば》女《め》として用いていたと思われる。この二体は、それが人ではなく木偶である点において、中国の知識層のある種の倒錯趣味や即物性を物語るものだが、同時に、側女としての木偶が沈約の供与に係る副葬品で、一方の妻が天帝の差配による配偶者だった点は、日常生活における結婚と性愛の分離を物語って興味深い。妻となる人は天帝の決めた運命によって選ばれなければならなかったが、一方の側女は、美しければ木偶でも構わなかったのである。

『曹恵』という作品のもっとも重要な特徴は、男の出世と結婚と性愛とが、それぞれ独立した三つの要素として分離して描かれている点にあるだろう。王敬則のむすめは夫の処世に関与しようとして離縁され、二体の木偶はただ性愛に奉仕するためだけに作られた。また、男の出世を約束する《秘密の言葉》は木偶によってもたらされはしたものの、その真相を握るのは〈天〉であって木偶ではない。木偶は、長年の霊力によって〈秘密〉の一部を知り得たが、みずからの力によって真相にたどり着く能力は与えられていなかった。彼女たちはただ、愛玩物として作成されたみずからの運命にしたがって、廬山神の〈二妾〉となる以外に道はなかったのである。

なお、中華書局版『玄怪録』（程毅中編校）や『全唐五代小説』（李時人編校　中華書局）は『太平広記』が「神君新納二妾」とする部分を「神君新納一夫人」に校訂する。だが、廬山神が二人の女を妻にするのは『水経注《すいけいちゅう》』巻三九「廬江水《ろこうすい》」の条が引く次の逸話を踏まえるものと思われる。

――山廟《さんびょう》（宮亭廟《きゅうていびょう》）の神ははなはだ霊験があり、風を分かち水流を分かつことができた。船に乗って行き来する者、使者や旅人たちはここを通る際、祈りをささげなければ出発することができなかった。だから曹毗《そうび》は「風を分ちて二と為し、流れを擘《わか》ちて両《に》と為す」と詠ったのである。むかし呉郡の太守・張公直《ちょうこうちょく》が郡国から召されて帰る時、廬山《ろざん》を経由し、その子女が宮亭廟にお参りに出かけた。婢《はしため》がふざけて、張公直のむすめを神像に対して指し示し、廟神の妻にすると述べた。その夜、張公直の妻の夢に神像が現れ、婚儀を申し出た。妻は恐ろしくなって夜が明けてすぐに出発しようとしたが、中流まで来て船は動かなくなった。船に乗り合わせた者たちは怖れおののき、「むすめを惜しめば全員に害が及ぶ」というので、公直はたまらず、妻にむすめを江に下ろすよう命じた。妻は水上に布の席《むしろ》を敷き、死んだ兄のむすめを替わりに下ろした。船は出発することができたが、張公直がそのことを知って、「私は何の面目があって生きていられよう」と妻を叱りつけ、再度、己のむすめを水中にさげた。盧江水を渡ろうとすると、はるか遠くの岸に二人のむすめが見え、側に一人の役人が立っていた。公直らに対し「私は盧山の神に仕える主簿である、あなたの信心を尊重して、二人のむすめはお返ししよう」と述べた。だから、干宝《かんぼう》はこの事を『捜神記《そうしんき》』「感応篇《かんおうへん》」に書いたのである。――

「二妾」を「一夫人」に校訂するのはおそらく誤りなのである。

二――韋皋と玉簫の物語

牛僧孺の『曹恵』は、性愛や結婚という問題を〈男子の処世〉と直接的に関連付けて論じなかった点において、中唐期の文人たちが生み出した元稹《げんじん》『鶯鶯伝《おうおうでん》』、白行簡《はくこうかん》『李娃伝《りあでん》』、蔣防《しょうぼう》『霍小玉《かくしょうぎょく》伝《でん》』といった傑作群とは一線を画した作品だったかもしれない。それらの作品にあっては、若い日々の性愛が男子の一生に退《の》っ引《ぴ》きならない事態を招いていく様が、個性的な女性像とともに描かれるのだが、『曹恵』にあっては、妻妾の存在は謝朓の社会生活に何の影響ももたらしてはいないのである（［図26］［図27］［図28］参照）。

牛僧孺は、彼自身が「関隴貴族」の出身だった。『曹恵』が描いた謝朓の暮らしを、死後にではなく現世において実現することが可能な立場に彼はあったし、また、そのように生きることが彼の理想でもあったはずである。牛僧孺は、閨閥に頼ることなく、自身の才幹と名望によって〈発跡変泰〉を遂げるような、そうした秩序立った貴族社会を望んでいたのであろう。『曹恵』は確かに、神秘と官能に満ちた実に見事な作品ではあったが、そこで希求されているのは新たな社会の新たな処世ではなく、選良たちが坐したまま理想の統治を実現する〈無為の楽園〉だったといえるだろう。『古元之』や『張佐』もそうだったように、彼の作品には黄老主義[1]的な旧弊さがあって、その臭みが時に彼の作品を時代錯誤的な懐古趣味に陥れてしまうのである。

唐代も徳宗期を過ぎるとさまざまな新興勢力が登場し、知識層をとりまく環境も大きく変化せざるを得なかった。門閥や名門が凋落して軍閥が擡頭すれば、役人として生きる知識層の利害も自然と多様化し、そこに新たな価値観や処世が生まれてくるのは理の当然としなければならない。唐代の〈異記〉〈雑伝〉類が描く〈愛と死の物語〉は、牛僧孺が『曹恵』等を書くはるか以前から、彼の志向や趣味とはまったく異なった理由によって、〈結婚〉という社会制度から遠く乖離せざるを得なくなったといえるだろう。

次に紹介するのは、「玉簫両世因縁記《ぎょくしょうりょうせいいんねんき》」として後世、幾多の戯曲・小説を生んだ中唐期の剣南西《けんなんせい》川《せん》節度使・韋皐《いこう》（七四五—八〇五）（字は城武、京兆の人）の愛の逸事である。この物語は、韋皐の結婚に端を発して、岳父との不和による出奔と放浪、愛妾・玉簫《ぎょくしょう》との邂逅と別れ、韋皐の〈発跡変泰〉と岳父への復讐、ならびに玉簫の死と再生という、波乱万丈の紆余曲折をもったメロドラマである。それらさまざまな曲折は、後代の戯曲・小説においてこそ〈一連の因果の連鎖〉として描かれるが、唐代においては一つの物語として語られた例はなく、韋皐が出奔して〈発跡変泰〉を遂げる所までが「韋皐の物語」として、また、玉簫が登場してその死と再生を描く部分が「玉簫の物語」として、それぞれ別々に伝えられている。李復元《りふくげん》『続玄怪録《ぞくげんかいろく》』巻二「韋令公皐《いれいこうこう》」（『太平広記』巻三〇五「神 一五」『韋皐』）と范攄《はんちょ》『雲谿友議《うんけいゆうぎ》』巻中『苗夫人《びょうふじん》』（『太平広記』巻一七〇「知人 二」『苗夫人』）とが韋皐の結婚とその〈発跡変泰〉を描き、また、『雲谿友議』巻中『玉簫化』（『太平広記』巻二七四「情感」『韋

〔図26〕『西廂記』に附された鶯鶯の図
元稹の『鶯鶯伝』は、張という書生と崔家の令嬢・鶯鶯の恋愛を描く。張生は科挙試のために鶯鶯と別れて都へ向かうが、その後、鶯鶯は別の人に嫁ぎ、二人は二度と会うことはなかった。張生は友人たちに「鶯鶯は国や家を破滅させる妖女である。それゆえ、彼女への気持ちを断ち切って別れたのだ」と、いわゆる〈忍情の弁〉を語った。

〔図27〕五代の妓女図
白行簡の『李娃伝』は、長安の娼婦・李娃と常州刺史の子息の婚姻を描く。常州刺史の子息は科挙試のために都に出、娼家通いに身をもちくずし、乞食にまでおちぶれる。父にも見捨てられた彼を長安の娼婦・李娃が助け、勉強をさせて科挙試に合格させる。後に李娃は、父の願いによって子息の正妻に迎えられる。

皐』)が玉簫の死と再生を描くのである。唐代においては、私事や逸事も含め、韋皐の履歴を一つのトータルな人生として捉える観点はまだ十分には醸成されていなかったものと思われる。

『続玄怪録』は牛僧孺の『玄怪録』を継ぐ小説集であったが、ここでは『玉簫化』も紹介する都合上、『雲谿友議』から採録したとする『太平広記』中の二篇を以下に訳出する。なお、『玉簫化』の「化」は「変化」の「化」で、普通は「死ぬ」や「焼く」の意だが、ここでは「生まれかわり」の意として用いられていると思われる。

韋皐の人生の順序にしたがって、まず『苗夫人』から紹介してみよう。

宰相の張延賞《ちょうえんしょう》殿は代々三公《さんこう》を輩出する名門の出身で、賓客《ひんきゃく》をもてなして宴会を開くたびに婿選《むこえら》びを行ったが、眼鏡《めがね》にかなうものはなかった。その妻の苗《びょう》氏は太宰《たいさい》・苗晋卿《びょうしんけい》のむすめである。夫人の鑑識眼《かんしきがん》は特別で、俊才をただちに見抜く。書生の韋皐《いこう》が特にお気に入りで、

「この人は誰よりも偉くなります」と述べ、むすめを嫁がせたのだった。

韋皐は小節にこだわらぬ鷹揚な所があったため、張延賞殿は娘の婿に迎えたことをはやくも悔《く》やみ始め、二三年もしないうちに、顔も見たくないと思うようになった。すると、一門の召使まで次第にぞんざい扱うようになった。苗氏だけは韋皐を大事に扱ったが、みなが彼を厄介者扱いしているのを見、ただ嘆くばかりで、どうすることもできなかった。

韋皐の妻の張氏は涙を流しながらいうのだった、

——あなたは七尺《ななしゃく》の身体《からだ》をもち、文武両道の立派な男子。まさか、私の家に埋もれて、皆に馬鹿にされ続けるおつもりですか。よくもまあ、これから出世しようという好機を棒に振れますこと。——

韋皋は都《みやこ》を出て、東国に旅することにした。妻は自分が自由にできる金目《かねめ》の物すべてを彼に贈った。清河公《せいがこう》の張延賞殿は大喜びで、餞別《せんべつ》に、七匹のロバに担《かつ》がせた荷物を与えたのだった。だが韋皋は、駅伝の駅舎に着くたびに一匹ずつ送り返し、七駅を過ぎる時には餞別としてもらったすべての荷物を送り返してしまった。彼のもち物は妻から与えられた化粧箱

［図28］唐代の宮女図
蔣防の『霍小玉伝』は、四大名族のひとつ・隴西の李氏の子・李益と、霍王のむすめ・小玉（宮女の子であろう）の恋愛とその破綻とを描く。李益は小玉を妾とし、自身が三十になるまでは正妻を迎えず、小玉を捨てることもしないと誓う。だが、二十二歳の折、家の圧力によって正妻を迎えることになり、以来、小玉への音信も絶ってしまう。小玉はこれを怨み、「李益の妻妾に祟ってやる」という言葉を残して死ぬ。李益は、妻妾を常に猜疑する狂気にとり憑かれ、妻を何度も替えて、その度に小玉の亡霊に苦しめられた。

と、ずた袋に入った数冊の書籍だけになった。張延賞殿は何が何やらさっぱりわけが判らぬままだった。

その後、韋皐は隴右軍の副官になった。その時、たまたま朱泚《しゅせい》の乱（七八三年）が起こり、徳宗《とくそう》は奉天《ほうてん》（今の陝西省咸陽市乾県）に御幸《みゆき》されることになった＊1。帝をお助けする上で韋皐は特別な功績があり、そのため、皇帝が都にお戻りになる際、韋皐は左金吾衛西川《さきんごえいせいせん》将軍として、岳父・清河公張延賞殿と剣南西川節度使の職を交替することになったのである。そこで、韋皐は姓名を変え、韋《い》は韓《かん》に、皐《こう》は翱《こう》に変えて＊2、人には堅く口止めをして都に向かった。

天回《てんかい》駅に着くと、成都まであと三十里（約十五キロメートル）である〔原注：徳宗が都に帰られるその日に、その地の名を天回と改めた。それで天回駅というのである（元の地名は不明）〕。あるものが「殿と交替する将軍は金吾衛将軍の韋皐であり、韓翱ではありません」と張延賞殿に報告した。苗夫人は「もし韋皐という名であれば、必ずや家《うち》の婿殿《むこどの》であろう」と述べた。張延賞殿は笑っていった、

——天下に同姓同名は多く、あいつと限ったものでもあるまい。家《うち》の婿はどこかの溝《どぶ》ですでに野たれ死にしておるわ。わしの位まで登れるものか。女の言など本当に当てにてはならぬ。——

〔原注：そのかみ、昝《さん》族の占い師の婆さん＊3がいて、禍や祟りをよく言い当てていた。

その婆さんが張延賞と韋皐を見て、『殿（張延賞）を護衛する神兵の数は日ごとに減っていますが、婿殿（韋皐）を守護する神兵は日ごとに増えております』と述べた。皆は妖言と見なし、その婆さんを二度と召し出さなかった〕

苗夫人はさらに「婿殿は貧賤のものたちの間にあってもその気象《きしょう》は雲間《うんかん》を凌《しの》ぐほど。殿に馬鹿にされても、卑屈になったり、いい加減に詫びを入れたりは一度もなさいませんでした。立身出世されるのは必ずあのようなお方です」というのだった。

新任が役所の中に入ってくると、それが韋皐だと知って張延賞は憂え畏れ、顔を合わせることもできず、「私には人を見る目がなかった」と述べ、西門から逃げ出してしまった。かつて韋皐に無礼を働いた下僕たちはみな捕らえられ、韋皐の棒打ちに遭い、全員が殺されて蜀《しょく》江《こう》に遺棄された。〔原注：男子の本懐というべきだろう〕。ただ苗夫人だけは婿殿に堂々と対面された。まことに賢夫人《けんふじん》である。韋皐殿は、無官だった時以上に岳母を大事にされた。天下の門閥貴族は貧賤の入り婿をないがしろにしてはならないのである。それ故、泗浜《しひん》先生・郭円《かくえん》*4は詩を作って次のようにいう。

宣父従周又適秦　宣父《せんふ》　周《しゅう》に従《したが》い　又た秦《しん》に適《ゆ》く

昔賢多少出風塵　昔賢《せきけん》　多少《たしょう》ぞ　風塵《ふうじん》に出《い》でたるは

当時甚訝張延賞　当時　甚《はなは》だ訝《いぶか》る　張延賞

不識韋皋是貴人　　韋皋は是れ貴人なるを識らざるを

【訳】孔子さまは洛陽へ行き、また秦にも出かけた。古の賢者はみな放浪遍歴を重ねた。韋皋が貴人になると見抜けなかったとは、張延賞はどういう鑑識眼をしていたのだろう。

＊1―〈朱泚の乱〉の語は原文にはないが、「徳宗が奉天に御幸されることになった」背景をもっとも端的に語り得るのがこの語なので、あえて訳文に加えた。徳宗の建中四年（七八三）、河北三鎮を中核とした諸藩鎮連合軍が反乱を起こし、当時、対吐蕃防衛のため長安西北に駐留していた涇原軍（この軍の統率者が涇原節度使の朱泚であった）も長安において反乱に加担したため、時の皇帝徳宗は長安を出て奉天（陝西省乾県）へ、ついで梁州（陝西省鄭県）へと逃避した。この間、朱泚は帝号を称し、改元も行った。中国史においてはこれを〈朱泚の乱〉とか〈涇原の変〉と呼ぶ。韋皋は一介の書生ながら独自の計略によって乱の平定に功績があり、徳宗が長安に帰る折に戸部尚書兼成都尹・御史大夫・剣南西川節度使に任じられ、彼の岳父・張延賞と交替することになった。『旧唐書』巻一四〇「韋皋伝」参照。

＊2―韓翺という姓名は韋皋のそれぞれの字に、筆を意味する翰の字を分解して加えたもの。

＊3―原文は「沓媼巫」で、沓族（雲南の少数民族名）の老いたシャーマンの意。神兵とはあの世の兵隊の意で、もちろん常人には見えない。

＊4―郭円という人物については未詳。『唐詩紀事』巻五九は郭円という一条を建て、「宣父従周……」の詩を引用する。

右の『雲谿友議』『苗夫人』は怪異を記すものではもちろんなく、また、人の因縁や運命の不思議を語る物語でもない。にもかかわらず本書が『苗夫人』をまず訳出したのは、そこに韋皋の結婚が記され、その婚姻が彼にいかなる不幸をもたらしたのか、簡単ではあるものの明確な記述があるからである。

『苗夫人』においてまず注目すべきは、韋皋が武人としてではなく〈秀才（科挙試の準備をしている書生）〉として描かれている点であろう。『雲谿友議』は右の話柄を武勲をめぐる武人の逸事として紹介しているのではない。あくまで〈文人の処世〉の一例として掲げているのである。また、この〈実録〉は、全体としてみれば一種の復讐譚になっていて、韋皋は〈衣錦還郷《いきんかんきょう》（故郷に錦を飾ること）〉を遂げたその時に、それまで自身を馬鹿にしたすべての人に復讐する。彼は、結婚によって家名や富を得たのではなく、〈発跡変泰〉の契機を得たのでもなかった。韋皋は確かに名家のむすめと結婚したが、彼の出世はもって生まれた自身の才幹と強運によって果たされ、しかもその才幹は、軍事クーデターにかかわって軍功を建てるという、〈文人の処世〉からは逸脱した偶然の中で発揮されたのである。『苗夫人』における婚姻は、このように、夫たる韋皋に名誉も地位も約束しない、ただ屈辱にまみれた殺伐としたものだった。韋皋にとって、結婚と出世と性愛とが三者三様のものだったことはいうまでもない。

では次に、本章の本題である『玉簫化（玉簫の生まれかわり）』を訳出してみよう。

西川節度使の韋皐《いこう》はむかし、江夏《こうか》(今の武漢市)を流浪《るろう》し、当地の知事・姜輔《きょうほ》の屋敷に逗留《とうりゅう》した〔原注:姜輔は韋皐殿の母方の従弟《いとこ》である〕。姜家の幼子《おさなご》は荊宝《けいほう》といい、すでに二つの経書《けいしょ》を修めていた。韋皐を兄と呼んだが、応接の礼は叔父にたいするそれに匹敵するものだった。荊宝には召し使う女中がいて、玉簫《ぎょくしょう》といい、年はわずかに十歳である。韋皐の世話を命じられていつも側に仕え、忠勤に励んで怠ることはなかった。

二年が過ぎ、姜輔は猟官のために上京することになったが、家族や召使たちは同行しないことになった。韋皐は住まいを移し、仏寺に逗留することにしたが、荊宝もまた玉簫を遣《つか》わし、彼の面倒を見させた。玉簫はいささか成長し、恋心をいだくようになっていたのである。そのころ廉訪使《れんぽうし》を務めた常侍《じょうじ》の陳某というものがいて、江夏に監察《かんさつ》に行く際、韋皐の父の末の弟から「甥の放浪は長くなりすぎた、今の逗留地から早く追い立てて、都へ旅立たせよ」との手紙を受け取った。それを読んだ陳某はただちに旅用の品と舟とを整え、韋皐に送り、彼が出発を遅らせるのを心配して「挨拶《あいさつ》無用《むよう》」の文面まで書き添えた。

舟は中洲で韋皐を待っていた。船頭はせっつき、しだいに暗くなる中、韋皐はひとり、涙ながらに別れの手紙をしたためていた。しばらくすると荊宝が玉簫を連れてやってきた。悦びと悲しみが交錯する中、荊宝ははした女を連れて行くよう促したが、韋皐は、叔父との約束の期日に遅れていることもあって、「連れては行けぬ」とことわった。ただ口頭で「早ければ五年後、遅くとも七年後には玉簫を迎えにくる」と述べ、玉石を加工した指輪と詩一首を贈ったのだった。

しかるに、五年が過ぎても韋皐は帰ってこない。玉簫はひとり鸚鵡洲《おうむしゅう》で彼の帰還を祈念するのだった。が、それから二年の月日が流れてしまった。八年目の春が来た時、玉簫は、「韋家のだんな様は、お別れして七年になる。もうお帰りにはならないのだわ」と嘆き、食を絶って死んでしまった。姜家のものはその胸中を不憫に思い、玉の指輪を中指にはめたまま葬ってやった。

韋皐はその後、西川節度使となり、就任して三日後、冤罪《えんざい》や疑獄事件《ぎごくじけん》を調べ上げ、軽重の囚人・三百余人をお白砂《しらす》にならべて尋問した。一人、枷《かせ》を着けたまま尋問の様子を窺《うかが》うものがいる、「僕射《ぼくや》殿とはあの時の韋兄ではあるまいか」と独り言をいうと、いきなり声を張り上げて、

——僕射よ、僕射よ、姜家の荊宝を忘れたか。——

と叫んだのである。韋皐が
——忘れたことなど一度もない。——

と応じると
——わたしこそその人。——

という。

——いかなる罪によって獄に繋がれたのか？——

——お別れして後、わたしは科挙の明経科に合格し、青城県令になったが、家の郎党たちが失火して、役所の蔵や倉庫、印章類を焼いてしまったのだ。——

——郎党の犯罪は、自身の過失ではない。——

韋皐はただちに冤罪を雪《すす》ぎ、印章《いんしょう》類を返して姜家の家名《かめい》を戻してやった。眉州の知事を任せるよう朝廷にお願いしたところ、叙任状が届いてまさに赴任しようとした折も折、眉州には別人を派遣して本人は遙領《ようりょう》となり、さらには、新たな印章と位階が授けられて韋皐の幕府に留まることになったのである。

時は内乱の後の多難な折である、忙しく数か月を過ごした後、韋皐ははじめて「玉簫はどこにいるのか」と問うた。姜荊宝は、

——僕射殿が舟を整え旅立たれた夕べ、彼女と七年後の再会を約束されたが、期日が来ても帰って来られなかった、彼女は食を絶って死んだのだ。——

と述べた。彼はまた、韋皐が玉簫に贈った〈玉環詩《ぎょくかんし》〉を吟じて次のようにいうのだった。

黄雀銜来已数春
別時難解贈佳人
長吟不見魚書至
為遣相思夢入秦

黄雀《こうじゃく》　銜《ふく》み来《き》たって已《すで》に数春《すうしゅん》
別《わか》れし時に解《と》き難《がた》く　佳人《かじん》に贈《おく》る
長吟《ちょうぎん》して　魚書《たより》の至《いた》るを見《み》ざれば
為《ため》に相思《そうし》を遣《と》ばして　夢《ゆめ》に　秦《しん》に入《い》らしめよ

【訳】助けてくれたお礼にと、うぐいすがもたらした玉の指輪、その玉環を何年も大事にもちつづけた。別れ際に捨てがたく、それをそのまま佳人に贈与する。この詩を吟じて、便りがなく、わたしを偲ぶ折には、どうかあなたの魂を飛翔させ、都まで会いに来てほしい。

韋皐はこれを聞いて愁嘆し、あちこちの仏寺に寄進をし、玉簫の御霊《みたま》を弔《とぶら》った。彼女を偲《しの》ぶ思いは強かったが、再会する手立てはなかったのである。

その頃、祖山の人で李少翁《りしょうおう》（漢の武帝が寵愛した李夫人の魂を招いて武帝と会わせた道術師）の術を使い、死者の魂を呼び寄せることのできるものがいた。韋皐に七日間の斎戒沐浴《さいかいもくよく》を命じると、清らかな夜、玉簫がやってきて、

――僕射《ぼくや》さまの写経と仏僧のお力をもちまして、十日後に生まれかわることになりました。十二年後にまた侍妾となって、あなたのご厚恩に報いたいと存じます。――

というのだった。別れ際に玉簫は、

――旦那様が男子として私情を後回しにされたために、ふたりは生と死とに隔てられてしまったのです。――

と微笑んだ。

韋皐には〈朱泚の乱〉*1の折の功績があったので、徳宗の御世が終わるまで、西川節度使の職を解かれることはなかった。それゆえ蜀の地を長く治められ、中書令同平章事まで出世

されて、大理やチベット方面の諸民族までがみな彼に帰順したのである。ある時、彼の誕生日の祝賀を執り行うことになり、諸藩鎮はとりどりに珍奇な貢物《みつぎもの》を整えたが、ただ、東川《とうせん》の盧八座《ろはちざ》（という少数民族）だけは、いまだ成人には達しない一人の歌姫を贈ったのだった。名は玉簫といい、見れば、姜家の玉簫と瓜二つである。中指に指輪のような肉のふくらみがあって、まさしく、別れの際に贈った指輪としか見えなかった。

　韋皐はいうのだった。

　――生と死の区別とは、こちらの世界からあちらの世界へ行って帰ってくるだけの違いだ、玉簫の言がそのことを明かしている。――

また、世の論者は韋皐について次のように語ったものだ、「彼は、官職に就いてたった五年で一方の雄に躍り出た。唐王朝の栄光の歴史においてさえ、彼に比肩するものはあるまい」と。

　韋皐は確かに、四川を鎮撫すること二十年、雲南の諸藩鎮・諸部にいたるまで儒生を派遣し、礼楽をもって辺境を教化し、物資をたがいに融通しあって導いたから、蛮族側も怨みをいだくことはなかった。だが、後に、司空林公《しくうりんこう》・郭釗《かくしょう》殿*2が節度使を交替してからは、制度をすこし変えて規制を緩め、更なる教化を推し進めて必需品の交換を物資の交易に変えたから、蛮族側では金帛《きんぱく》等の富が不足するようになった。そのため蛮族は二心《にしん》を懐《いだ》き、悪辣《あくらつ》な地方官も暗躍して毒虫《どくむし》のような連中が群れをなして跋扈《ばっこ》し、反乱軍が城市に侵攻して住民や役人・兵士の妻子を虜《とりこ》にする、という事変*3にまで発展してしまった。雍陶《ようとう》という先人は、乱後に詩を書き、次のように詠った。

錦城南面遙聞哭　錦城《きんじょう》(成都)より南を面《み》れば　遙かに哭するを聞く
尽是離家別国声　尽《ことごと》く是《こ》れ　家を離れ国と別れるものの声なり

このことがあって、朝廷は、韋皐の功績を貶《おとし》め、治績で得た彼の爵位をすべて剝奪してしまったのだ。あの韓信《かんしん》は劉邦《りゅうほう》に背いたが、劉邦は韓信の爵位は奪わず、当初の功績にしたがって淮陰侯《わいいんこう》のままとした。また、竇融《とうゆう》は河西《かさい》を治めて光武帝《こうぶてい》を擁立し、後漢の建国に大功を建てたが、名位封号は諸侯の列に甘んじ、王号をもつことはなかった。韓信や竇融の例が何を意味するかといえば、要するに、ある人物の功績や不行跡《ふぎょうせき》を記録して後世に残そうとする場合、その人の家の格まで変えてしまうようなことはしない方がいい、ということなのではあるまいか。

韋皐は確かに、蛮夷に詩書礼楽《ししょれいがく》を教え、兵法にまで習熟させて、反逆の知恵をつけてしまった。だが、蛮族の不満には理由もあって、その言い分にはもっともな点もあった。それ故、韋皐の爵位を奪い、その家名まで途絶えさせてしまったのは、大きな過ちとしなければならないだろう。

＊1―『苗夫人』注1参照。原文に〈朱泚の乱〉の語がないのは『苗夫人』の場合と同様。
＊2―原文にいう「司空林公」が誰を指すかは明らかではない。ただ、〈司空〉を加官され、後文にいう〈事変〉に関係した節度使は郭釗しかいないので、なぜ〈林公〉と呼ばれるのかは不明だが、「司空林公」を郭釗とした。郭釗は、〈安史の乱〉の平定に功績のあった名臣・郭子儀の孫。『旧唐書』巻一二〇に伝がある。
＊3―文宗の太和三年（八二九）十一月に雲南の南詔等緒蛮が蜂起し、一時は成都を制圧して住民等を連行した事件を指す。雍陶の詩が詠じるのは、『旧唐書』巻一六三「杜元穎伝」が記述する次のような事件である、「蛮兵は成都の玉帛、子女、職人などを略奪し、……連行して大渡河という渡し場に至った、そこで次のように述べた、『ここから南はわれらの境域である、お前たちは好きなだけ泣き叫んで故郷に別れを惜しむがよい』と。数万の士女たちは皆いっしょに泣き叫び、そのために辺りの景色も変わるほどだった。泣き終えると入水自殺を遂げるものが千余人あった」。

『太平広記』が引く『雲谿友議』『玉簫化（玉簫の生まれかわり）』は、右のように、その末尾にきわめて難解な〈論賛〉が附されている。この〈論賛〉は、不用意に読めば、前にある因縁譚と何の脈絡もなく置かれているように見える。しかし『雲谿友議』の著者からすればそれはおそらく、前段から導かれる必然的な結語だったに違いない。前段の因縁譚はある種の〈寓話〉なのであって、そこから抽出される一般法則が末尾に置かれた〈論賛〉だったのである。

この〈論賛〉は、韋皐が述べたとされる「生と死の区別とはこちらの世界からあちらの世界へ行って帰ってくるだけの違いだ、玉簫の言がそのことを明かしている」という言葉に端を発し、韋皋亡きあとの〈南詔等諸蛮の反乱〉に及び、最終的には「それ故、韋皋の爵位を奪い、その家名まで途絶えさせてしまったのは、大きな過ちとしなければならないだろう」と結ばれる。ここに一貫した論理展開がないはずはない。

韋皋がいう「生と死の区別とはこちらの世界からあちらの世界へ行って帰ってくるだけの違いだ」とは、換言するなら「玉簫の〈魂魄〉は一度あの世へ行き、同様の〈魂魄〉をもってまたこの世に引き返してきた」というに等しいだろう。要するに〈魂魄〉の不滅をいうのである。だとすれば、「〈魂魄〉の不滅を証すもの」として言及された「玉簫の言」も、直接的には「十二年後にまた侍妾となってあなたのご厚恩に報いたいと存じます」を指すと見るのが、この場合もっとも素朴な考え方だろう。だが、そうだとすれば『玉簫化(玉簫の生まれかわり)』は、〈女子の痴心〉(「痴心女子負心漢(むすめは恋に溺れ、男は裏切る)」は中国の成語)を描いた単純な因縁譚に堕してしまい、『雲谿友議』が展開する大仰な〈論賛〉は不要になってしまう。

思うに、『雲谿友議』が考えた「玉簫の言」とは、「十二年後にまた侍妾となって、あなたのご厚恩に報いたいと存じます」ではなく、おそらくは、「旦那様が、男子として私情を後回しにされたことが、ふたりを生と死とに隔ててしまったのです」の方だったに違いない。これを原文で示すなら「丈夫の薄情、人を令《し》て死と生とに隔《へだ》てしめたり(丈夫薄情、令人死生隔矣)」という。ここにいう「丈夫の薄情」とは韋皋の薄情をなじるものではなく、「立派な男子《おのこ》は情を薄《うす》くするもの」、すなわち「立派な男子《おのこ》は情を後回《あとまわ》しにする」ないし「男子には情よりも大切なものがある」の意である。

〈情〉の対語は〈義〉であるから、「丈夫は義を重《おも》んず」、つまり、「あなたは男女の情愛よりも男子の義気を大切にされた、その義気が二人を生と死に隔ててしまったのです」と述べているのである。〈丈夫の義〉とは、儒家の経典にいう〈修身〉〈斉家〉〈治国〉〈平天下〉を指すだろうから、玉簫の言をもっと簡単な言葉に換言するなら、「あなたが天下国家のことを考えて愛情を後回しにされたことが、二人を離れ離れにしたのです」ということになるだろう。玉簫は、自身と韋皐の愛を〈私情〉とし、〈治国〉を〈公義〉としたのである。

『雲谿友議』はこの玉簫の言を受けて、韋皐の〈発跡変泰〉と爵位の剝奪とを議論するのだが、ここにはもう一つ、きわめて重要な論点があって、それはいうまでもなく、男子にとって結婚は〈私情〉か〈公義〉か、という問題であった。婚姻は〈斉家〉、すなわち家名にかかわることだから、これが〈公義〉であるのは論を待たない。とすれば韋皐は、張延賞のむすめと〈公義〉を結んで報われず、玉簫との〈私情〉を捨てて〈公義〉に邁進したが、運拙《つたな》く、最終的には爵位を剝奪されて家名は断絶し、蛮族の酋長と気脈を通じた不名誉な記憶だけが残されることになった。『雲谿友議』はおそらく、「それではあまりに韋皐が憐れであろう」といいたかったのであろう。「東川の盧八座」が韋皐の恩義に感じて玉簫という名の歌姫を贈ったように、唐王朝も、彼の四川鎮圧の功に報いて爵位と家名を留保するべきだった、〈私情〉を捨てて〈公義〉に邁進した結果が家名の断絶であれば、誰も朝廷のためには働くまい。〈論賛〉が展開するのはこのような議論ではなかっただろうか。

『雲谿友議』が『苗夫人』と『玉簫化（玉簫の生まれかわり）』という二篇の〈雑伝〉を通じて見つめていたのは、唐代知識層に突き付けられた、こうした〈生きにくさ〉だったのである。

【注】

（1）〈無為〉を標榜する道家の徒は儒家の堯舜に対抗するため黄帝と老子を並称し（すなわち〈黄老〉）、その術をもって政治を行うことを主唱した。これを「黄老の術」といい、漢代に盛行した。

第四章

柏林の奥にひそむもの

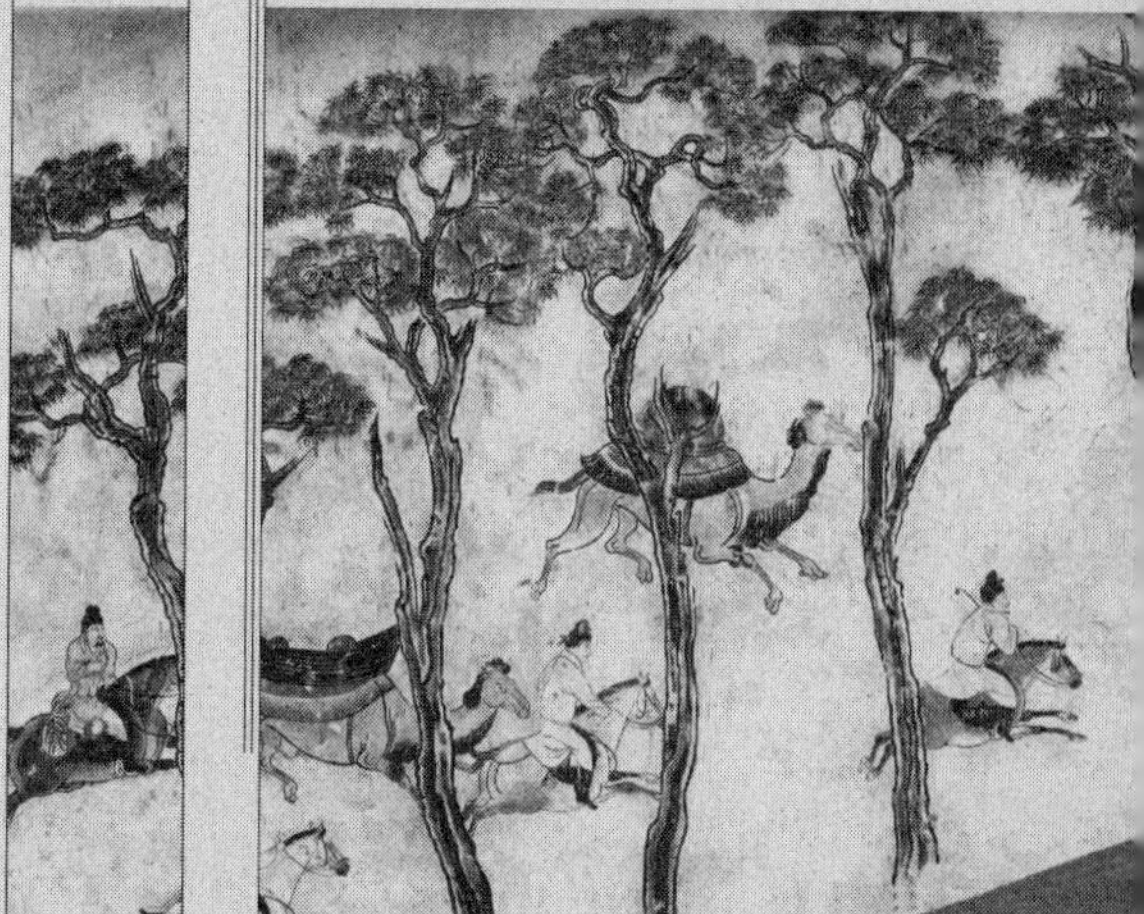

一――〈狐神〉の詐術

唐代の知識層が婚姻に託したのは、平穏な家庭生活ではなく、自身の出世や成功だった。彼らは妻に、愛や美貌よりは家名と富を求めたが、それはいうまでもなく、富貴でさえあれば何時でも簡単に愛や美貌は手に入れることができたからであろう。地位や名誉という〈公的〉バック・ボーンがあれば、愛や美貌といった〈私情〉に属するものは容易に調達できた。『任氏伝《じんしでん》』に登場する狐妖《こよう》・任氏は、名門の子弟・韋崟《いきん》に操を奪われそうになったとき、韋崟にたいし、自身を囲っている鄭六《ていろく》をかばって次のようにいう。

鄭六《ていろく》は身《み》の丈六尺《たけろくしゃく》の立派な男子でありながら、たった一人の女さえかばうことができない。それで男といえまして？　あなたは名門のお金持ちだから若い頃から贅沢のし放題、私くらいの女なら掃いて捨てるほどいらっしゃったでしょ？　でもね、鄭六は貧乏で身分も低い。心にかなう女は私しかいないの。あり余《あま》るものをもっていながら、よくもまあ、何ももたない奴から奪い取れるものね。お腹を減らした貧乏人が、どうすることもできず、あなたから衣食《いしょく》をもらって、それで言いなりになっている、こんなみじめなことがありまして？鄭六に多少の食《く》い扶持《ぶち》さえあれば、あたしだってこんな目に合わなかった。

こうした現実は洋の東西を問わず、いつの世も同じであろうが、中国の文人たちは特に進取の気概に溢れていたのか、「富貴は天に在り（富や地位は運命によって決まっている）（『論語』「顔淵第十二」）」といいながら、その実、〈天（運命）〉の配剤《はいざい》を変更して富貴を我が物とする手立てを、結婚という局面においても求めていたといえるだろう。

唐代の文人たちは、では、任氏のような狐妖には何を見たのだろう。白居易の〈新楽府《しんがふ》〉其の四十五「古塚狐《こちゅうのきつね》」（『白居易集』巻四「諷諭 四」所収）は「艶色《えんしょく》を戒《いまし》めるなり（女性の色香に惑わされぬようにいましめるのである）」と詩序を附して、「古い塚に住む狐は妖艶《ようえん》にして老獪《ろうかい》。化けて女になれば、とびきりの美人」と詠う。日本においても狐といえば〈女妖《じょよう》〉と相場が決まっていて、「〈狐妖〉は女色の象徴」とするのが世界の常識であろう。だが、中国の民間における〈狐の妖怪〉とは元来、オスもメスもなく、したがって、〈狐神〉が示す霊力も美女に化けてハニー・トラップを仕掛ける程度のものではなかった。

『太平広記』巻四四七「狐 一」は、『朝野僉載《ちょうやせんさい》』を引用して、狐の霊力を次のようにいう。

唐初以来、人びとは〈狐神《こしん》〉につかえ、家の中にも祭壇《さいだん》を設けてお祭りし、ご利益《りやく》を求めるのである。〈狐神〉は人と同じように飲み食いをし、しかも、仲間がいて複数で祀られることが多かった。当時、諺《ことわざ》にも「〈狐魅《こび》〉がいなければ村落は成立しない」といったのである。

ここにいう〈狐魅《こび》〉とは〈狐憑き〉の意ではなく、おそらく〈狐の妖怪〉の意であった。晩唐の人文主義者・陸亀蒙《りくきもう》の作品に、農村における淫祠《いんし》（邪神を祭る祠）の跳梁《ちょうりょう》を描いた『野廟碑《やびょうひ》』という傑作があって、次のようにいう。

浙江一帯の人びとは好んで鬼神に仕え、山や水辺に「淫祀《いんし》（邪神を祭る祠）」が多くある。神像の顔が勇猛で色黒《いろぐろ》、剛直《ごうちょく》に見えるものは「将軍《しょうぐん》」と呼ばれ、実直そうで穏《おだ》やかな、若く思慮深げな男性は「郎《ろう》（若さま）」と呼ばれる。老婆《ろうば》で怖そうな顔をしているものは「姥《ろう》（ばばさま）」と呼ばれ、年若い嫁《よめ》の妖艶《ようえん》なものは「姑《こ》（ねえさま）」と呼ばれる。それぞれの神様には住まいとして広い庭と建物が用意され、階段を設けて高くしつらえ、周《まわ》りには老木・大木が植えられて、蘿蔦《らちょう》（つたやかずら）は繁り、森には梟鴞《きょうがく》（猛禽類）も住んで、鬼神が用いる車馬や恐ろしい顔の侍臣の像がずらりと並べられる。民百姓たちは自分たちでこれ（神像）を作りながらそれを怖がり、大きなものでは牛を殺して鬼神に献げ、ブタを殺す場合もある。小さなも

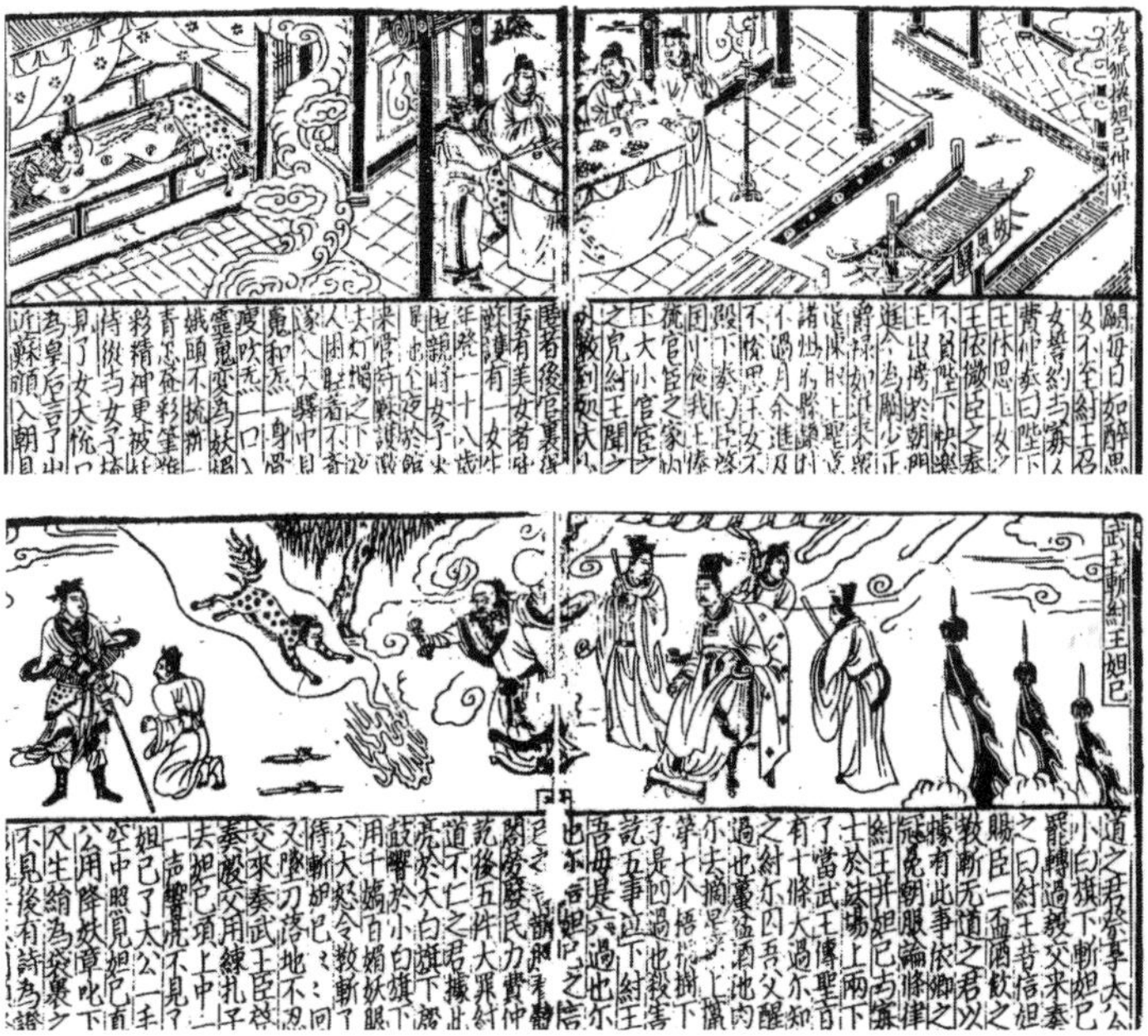

〔図29〕『武王伐紂平話』第二葉と最終葉の挿絵
上図左は九尾の狐が妲己に取り憑いている場面。下図左は九尾の狐が太公望に調伏せられている場面。中国の通俗文学の挿絵において狐妖がキツネの姿で描かれるのはきわめて珍しく、これは稀有な例。なお、『任氏伝』は唐代伝奇小説の一つで、作者は中唐の沈既済。狐の妖怪・任氏を中心に置いた鄭六・韋崟の不思議な友情を描き、唐代伝奇の傑作とされる。『任氏伝』は「任氏、女妖なり」という一文に始まる。

のでも犬や鶏以下のことはなく、魚や野菜、肉や酒は自身の家に欠けることはあっても、鬼神へのお供えで欠けることはない。一日でも祭りを怠《おこた》れば禍《わざわい》が起こると信じ、年寄りから子供まで、みな恐《おそ》れ戦《おのの》いているのだ。彼らは、死や病気があった場合、たまたまそれに遭遇したとは思わない。無知のせいで、すべては鬼神の祟《たた》りだと思うのだ。

右は、晩唐の、それも浙江の例であって、『朝野僉載』が描くような盛唐期の華北の状況ではなかったが、「〈狐魅〉がいなければ村落は成立しない」という場合の〈狐魅〉とは、おそらく、『野廟碑』と似たような淫祠を指したに違いない。華北の人びとも初唐期から「神像を作って祭壇を設け、大きなものでは牛やブタを殺し、小さなものでも犬や鶏以下のことはない、魚や野菜、肉や酒を捧げてお供えとし、一日でも怠れば必ず禍が起こると信じ、死や病気が村にあれば狐神の祟りだとひたすら恐《おそ》れ戦《おのの》いていた」と思われる。こうした〈狐魅〉〈狐神〉は村人の生活を完全に支配していたのであり、女に化けて、あらためて男をたぶらかす必要はなかったに違いない。

強力な霊力を有した〈狐魅〉の例として、『太平広記』巻四五三「狐 七」が収録する『王生《おうせい》(書生の王)』という作品を次に紹介してみよう。この『王生』は張薦《ちょうせん》(七四四—八〇四)が編集した『霊怪集《れいかいしゅう》』に出るといい、それが事実だとすれば、徳宗期に成立した作品ということになるだろう。

杭州に書生の王某《なにがし》というものがいた。建中《けんちゅう》年間(七八〇—七八三)の初、親元《おやもと》を離れて上京し、国都周辺にあった財産を整理して知り合いに預け、それでちょっとした官職を買おうと考えていた。

　はたけを抜けて田舎道を下っていき、母方の農園を訪ねようとしている時であった。日は暮れて、墓地の奥を見ると、柏《ヒノキ》の林の蔭《かげ》に二匹の野狐《やこ》がいて、樹に寄りかかって人のように立っているのが見えた。手に罫紙《けいし》をもって向かい合い、王某が来るのを知っていながら傍《ぼう》若無人《じゃくぶじん》に談笑している。王某が声をあげても素知らぬ風である。王某は石弓《いしゆみ》を取出し、いっぱいに引き絞って撃《う》つと、書類をもっていた方の狐の目に命中し、二匹は書類を置いて逃げていった。王某はその場に駆けていき書類を手に取った。たった一二枚の紙であったが梵字《ぼんじ》のような文字が書いてあり、まったく読めない。そこで、それを袋の中に収めると先を急ぐことにした。

　その夕べ、往《ゆ》く手《て》にある旅籠《はたご》に泊まって宿の主人と話をし、ちょうど狐のことを不思議がっている時であった。旅装《りょそう》を整えた一人の旅人がふとやってきて、眼疾《がんしつ》を患《わずら》いひどく痛そうだが、気はしっかりしている様子だった。王某の話を聞いて「不思議なこともあるものじゃ、その書類を見せてもらえぬか」という。王某が取りだそうとした時だった、宿の主人が見れば、眼疾の旅人の尻尾《しっぽ》が長椅子《ながいす》の下に垂《た》れている。「こいつは狐だ」と主人がいうと、王某は素早《すばや》く書類を懐《ふところ》に入れ、手に懐刀《ふところがたな》をもって追いかけた。旅人は狐の姿になって逃げてしまった。

一更《いっこう》(午後八時ころ)が過ぎた頃になって、また門を叩《たた》くものがいる。王某はそれと気付き、「また来たな。刀や弓矢で退治してくれよう」というと、そのものは門を隔てて「わしの書類を返さなければ、お前はあとで後悔することになる」というのだった。

以来、特に変わったこともなく過ぎた。王某はその書類を隠し、厳重に封をしておいた。上京して、猟官《りょうかん》のためにあちこちを訪ねた。急ぐ理由もなかったので、古くからの田畑を人に任せて売ってもらい、売却分の残りで都下に家を買い、生活の足しとした。

ひと月あまりすると、一人の下僕《げぼく》が杭州《こうしゅう》からやってきた。喪服《もふく》を着《つ》け、手には訃報《ふほう》をもっている。王某が迎えてわけを問うと、母が死んで数日になるという。王某は慟哭《どうこく》して、下僕がもってきた手紙を開いた。そこには母の字で「わたしはもともと秦《しん》(今の陝西省)の者だから他所《よそ》の土地に埋められたくはない。江東(今の江蘇省・浙江省周辺)の田畑等の財産はいっさい手を付けるわけにはいかないが、都にある資産は(私のものだから)すべて処分して秦の土地に墓を建てることができるだろう[*1]。準備が整ったら私の遺骸を迎えに来るがよい」としたためてあった。王某は都下の邸宅を叩き売って金に換え、その金で墓地や埋葬品を買い揃えると、霊柩を載せる荷台を用意して南下し、母の遺骸を迎え取ろうとした。

揚州《ようしゅう》まで下った時であった。はるかに見れば、一艘《いっそう》の船に数人の人びとが乗り、みな賑《にぎ》やかに談笑し歌を歌っている。だんだん近づいてこれを見ると、なんと、王家の召使たちである。王某は心の中で「我が家は売られ、召使たちもみな他所で奉公しているのだな」と想像したのだが、しばらくすると、自身の幼い弟妹が船室の暖簾《のれん》を掲げて出てくる。ともに華美な服装をして楽しそうに笑っているではないか。驚き怪しんでいると、召使たちも奇声を挙げ、船の上から「坊ちゃまが帰っていらっしゃった。なぜ喪服を着ていらっしゃるのだろう」という。王某は人を遣って問い合わせた。すると、母親が驚いて出てくるのが見え、あわてて喪服を脱ぎ、前に進み出て拝礼すると、母はそれを迎えてわけを問うた。

母親は驚いて「そんな道理があるものか」という。王某が母から送られた手紙を出して見せると、それは一枚の白紙になっていた。母親はさらに

――私がここまで来たのは、先月、お前からの手紙を受け取って、近く、ちょっとした官職に就くので、江東にある我が家の財産をすべて金に換え、都まで来るように、と書いてあったのじゃ。もはや、帰る家はない。――

という。王某が寄越したという手紙を母親が取り出してみると、それも一枚の白紙に過ぎなかった。

王某は、そこで、都に人を遣わし、彼が買い揃えた埋葬品《まいそうひん》を捨てさせる一方、自分たちは、残った金品をすべて集めて一つにし、揚州から、母親の面倒を見ながら杭州まで帰っていくことにした。残った資財は全体の一二割で、やっとの思いで、雨風《あめかぜ》をしのぐことができる数間《すうけん》の家を手に入れた。

彼には弟が一人いて、数年、会っていなかったが、ある日、ひょっこり帰ってきた。家が

すっかり落ちぶれたのを見て、その理由を訊いた。王某は事の顚末を話し、さらに狐妖に触れながら「きっと、あれのせいで酷い目に遭ったのだ」と述べた。弟が訝るので、例の狐の書類を取り出して見せてやった。弟は、その書類を手に取ったかと思うといきなり退《しりぞ》き、懐《ふところ》に入れて

——我が〈天書〉をやっと取り返したぞ。——

というと、そのまま狐になって逃げてしまった。

〔『霊怪集（原文は録に誤る）』に出る〕

＊1—この部分の記述は、女性が実家の財産を継承することがあったことを示して、興味深い。中国の墓制は夫婦合葬を基本とし、親子が墓を共有しないことは第二章で説明したが、古墓の発掘調査報告書等では息子夫婦の墓に息子の実母が合葬されているケースも時に見られる。その場合、実母は例外なく父親の第二夫人以下（すなわち〈妾〉に当たる）である。夫が死去した後、息子とながく同居していたものと思われる。

『王生』と題された右の作品は、その冒頭に年次を記して「建中年間（七八〇—七八三）の初」という。この記述が本作の執筆年代も語っているなら、本篇は、唐代の〈異記〉〈雑伝〉の中でも比較的早期に成立したことになろうが、そのためか、本作には晩期の作品にはない雄渾さがあって、狐の変化を、女色を用いた月並みなペテンとしてではなく、中国各地を股に掛けた壮大な窃盗劇

として描く。

本作の特徴を簡単にまとめておこう。

本篇の最大の特徴は狐が〈天書《てんしょ》〉の一部を所持しており、彼らの霊力の源泉もその〈天書〉に由来したと思われる点であろう。ここにいう〈天書〉とは、宋元以後の通俗文学にしばしば登場するそれであり、要するに人間の運命を記述した〈閻魔帳《えんまちょう》〉のようなものだったと推測される。たとえば『宣和遺事《せんないじ》』「前集」にあっては、捕り手に追われて九天玄女廟《きゅうてんげんじょびょう》に逃げ込んだ宋江《そうこう》が一巻の文書を手に入れ（宋江は『水滸伝』の主人公。『宣和遺事』とは、宋江等三十六人の事跡を扱う、歴史上最初の話本小説）、その末尾に「〈天書《てんしょ》〉を天罡院《てんこういん》三十六員の猛将に与え、呼保義宋江《こほぎそうこう》をして帥《すい》（総帥）と為《な》さしめ、広く忠義《ちゅうぎ》を行い、姦邪《かんじゃ》を殲滅《せんめつ》せしむるなり」とあった。その文書によって彼は自身を含めた天罡星三十六人の運命と天の意思とを知ることになるのだが、〈天書〉とはこのように、〈天〉が授ける命令書のようなもので、要は、人の寿命や位階《いかい》など、〈天機《てんき》（天の秘密）〉と呼ばれるさまざまな機微情報が書かれた天界の公文書だったのである。通俗文学にあっては、また、「天機、漏らすべからず（天の奥義は漏らしてはならない）」の常語《じょうご》もさかんに登場し、〈天機〉とは人に知られてはならない重大な機密情報だったことが推察される。特別な霊力を有した天界の官僚のみがその〈天書〉を所持したと考えられようが、本篇に登場する狐はその〈天書〉を所持して王某に奪われたのであって、そのことはすなわち、その狐が妖怪であるよりは天界の役人か、ないしは天界の官僚に所属する家人《けにん》等であったことを意味するように思われる。彼はおそらく、職務上の失策を上司等に知られぬよう後始末をしておく必要があったのである。

中国のこうした類の雑記類を読むたびに私はいつも、〈天書〉を所持するだけの霊力を有する神格がなぜ簡単に失態を演じ、しかも、暴力を用いれば簡単に解決できる問題をなぜいつまでも長引かせてしまうのか不思議になるのだが、思うに、本篇の狐も含め天界の役人たちは、人間界の役人と同様、勤務規定違反によって処罰されることを何より畏れているのであり、それゆえ何事も穏便に、自身の失態が表ざたにならぬよう隠密裏に事を処理しようとするのだと推測している。彼らはおそらく天界の小役人なのであり、悪神や淫祠のように邪悪な力を不正に行使する霊力はもち合わせていないと思われる。〈天機〉に関与するだけの身分と立場を彼らは最初から与えてもらっていないのであり、殺人や強奪のような手荒な方法によって〈天書〉を奪還する権利さえもっていないのだろう。本篇に登場する狐は確かに詐術を用いるが、彼らは決して〈邪神〉などではなく、天界の官僚機構の末端に属する、善良で小心な〈胥吏《しょり》〉の類に過ぎないのである。

また、本篇でもう一つ注目しておかなければならないのは、狐が出現した場所である。王某がはじめて狐と遭遇した場面を右の『王生』は「日は晩《く》れ、柏林《はくりん》中に二野狐《やこ》の樹《き》に倚《よ》り、人の如《ごと》くに立てるを見る」と書いている。ここにいう「柏」は日本でいう落葉樹のカシワではなく、常緑樹のヒノキを指す。この「柏《ヒノキ》」はまた、『古詩《こし》十九首《じゅうきゅうしゅ》』第十四首に「古墓《こぼ》は犂《す》かれて田《た》となり、松柏《しょうはく》は摧《くだ》かれて薪《たきぎ》となる」というように、中国にあっては、松とともに墓地によく植えられた樹木であった。とすれば、前掲の白居易〈新楽府〉『古塚狐』が「古い塚(墓)に住む狐は妖艶にして老獪」

と詠ったように、本篇の狐も墓地に出現したことになる。〈狐神〉〈狐妖〉はおそらく〈冥界〉と繋がっているのであり、〈冥界〉を通じて〈天界〉や〈天書〉とも繋がっていたと思われる。

二―――〈天機〉を盗むもの

右の『王生』は、狐をめぐる比較的古い伝承を継承するものと見え、性別の区別のない野狐が古塚に出現し、女色に頼ることなく詐術を展開して目的を果たすのだが、ただ、従来の志怪にはない特徴的な展開もこの物語にはあって、その展開が唐代における妖怪譚の新たな志向と趣向を示しているように思われる。その新たな趣向が何かといえば、従来の妖怪譚にあっては、妖怪の側にはじめから何らかの目的があって人に接近してきていたのにたいし、唐代の一部の〈異記〉〈雑伝〉にあっては、妖怪は人の所為《しょい》に迫られて、止むを得ず〈人の姿〉をとって妖術を使っている点であろう。つまり、妖怪の方から悪さを仕掛けているのではなく、人間への復讐として妖術を使っているのである。たとえば右の『王生』にあっても、〈狐神〉が詐術を用いたのは王某に〈天書〉を奪われたからであって、王某を困らせるためではなかった。〈狐神〉は人が仕掛《しか》けた所為に反応し、いわば反作用として妖術に及んでいるのである。彼らの行動は日本の異類婚譚・異類報恩譚のある意味での裏返しで、〈助けてもらったお礼に〉ではなく〈いじめられた仕返しに〉、人の領域を侵犯してくる。しかも『王生』の場合、〈狐妖〉が強奪されたものとは〈天の機密情報が書かれた文書〉であった。ここにはもう一つ、〈神秘の領域への人類の侵犯〉という別個の主題が見え隠れしているのである。

次に示すのは、『太平広記』巻四五三「狐　七」が収録する『李自良《りじりょう》』と題された〈雑伝〉である。この〈雑伝〉について、『太平広記』は、薛漁思《せつぎょし》の『河東記《かとうき》』に出るといい、また、『郡斎読書志《ぐんさいどくしょし》』は『河東記』を牛僧孺『玄怪録』の続作と記述しており、とすれば、およそ文宗期から武宗期にかけて成立した作品と考えることができる。いずれにしても、『王生』と似た内容をもつが、『王生』より後に書かれた〈雑伝〉と見て間違いない。


唐の李自良は若い頃、河南《かなん》・河北《かほく》を放浪《ほうろう》し、やくざな暮らしをして生業《せいぎょう》に就《つ》かなかった。鷹狩《たかがり》が大好きで、有《あ》り金《がね》をはたいて、肱当《ひじあ》てや猟犬用の綱類《つなるい》を買《か》い揃《そろ》えていた。馬燧《ばすい》が河東節度使として太原《たいげん》に入った折、巻狩《まきがり》が得意な者を求めた。李自良は駐屯地に出かけて行って自分を売り込んだ。李自良は立派な体躯をしていたので馬燧は一目で気に入り、いつも身辺に置いて狩に付き随わせた。李自良は必ず満足のいく獲物を挙げ、主人を喜ばせたので、数年もすると次々に出世して、麾下《きか》随一の将軍になっていた。

ある巻狩の際、鷹を放って一匹の狐を追っていた。狐がまっすぐ古い墓穴《はかあな》に飛び込んでいったので、鷹に追わせ、自身も馬を下り、成り行きに任せて墓穴に飛び込んだ。深さは三《さん》丈《じょう》ほど（およそ十メートル）もあろうか、中は蠟燭《ろうそく》を灯《とも》したように明るく、煉瓦《れんが》でできた台の上に壊れた棺《ひつぎ》があって、その上に、身の丈は一尺余《いっしゃくあま》り（およそ四十センチ）の道士が二枚の書類をもって立っている。李自良はその書類を奪い取ると、めぼしいものは他にないので、鷹を腕にのせ、出て行った。道士は後ろから

——その書類を置いていってくれれば、厚く礼をする。——

と呼びかけたが、それには応えもしなかった。書類を見てみれば、文字は古い篆字《てんじ》のようで、誰にも読めなかった。

翌日の朝、風雅な身なりの道士が李自良を訪ねてきた。李自良が「尊師は何がご所望じゃ」と訊くと

——私はこの世のものではない。昨日、将軍殿に〈天符《てんぷ》〉を奪われたので参《まい》ったのじゃ。あれは将軍殿がもつようなものではない。返していただければ必ず礼はする。——

と道士はいう。李自良がつよく断ると、道士は人払いをさせ

——将軍殿は節度使の副官であろう。わしは三年のうちに貴殿を正職の長官とすることができる。どうじゃ、本望《ほんもう》であろう。——

という。李自良が

——まことに有り難い話だが、信じられようか。——

というと、道士は立ち上がり、地面から超然《ちょうぜん》と浮きあがったかと思うと、仙界《せんかい》の儀仗兵《ぎじょうへい》がもつ紅《あか》い旗《はた》や童子《どうし》、白鶴《はっかく》がたちまち舞い降りてきて、彼を空中に迎えるのであった。道士は、

しばらくしてまた降りてきて
――見たであろう。これでもわしの言が信じられぬか。――
という。李自良は跪いて再拝し、書類を返したのだった。道士は喜び
――将軍殿にはやはり福禄《ふくろく》がある。再来年の九月までに約束は果たされるであろう。
――
というのだった。時に、貞元《ていげん》二年（七八六）のことであった。

貞元四年の秋になって、馬燧は朝廷に参内《さんだい》した。太原の名望家《めいぼうか》や功績のあった将軍、高位高官等、十余人を伴《とも》として率《ひき》つれたが、その中でも李自良は一番身分が低かった。

徳宗《とくそう》は馬燧に訊《たず》ねた。
――太原は北辺《ほくへん》に重きをなす土地。卿《そなた》に代えて誰を節度使にすべきか。――
馬燧は頭が急に呆《ほう》けたようになり、李自良以外の名前が思い出せない。そこで
――李自良がよろしいかと。――
と申し上げると、帝《みかど》は
――太原の将校にはきっと勲功《くんこう》たかき名望家がおるであろう。李自良などという後輩の名を朕《ちん》はまだ聞いたことがない。卿《そなた》はもっと考えるがよい。――
とおっしゃる。馬燧は何と答えたらよいか判らなくなり
――臣の見る所、李自良の外はございませぬ。――

とまた述べた。このようにして何度か問答をつづけたが、帝はどうしてもお許しにならず、馬燧は退出して諸将にまみえた。背中は冷や汗でびっしょりだった。

――後日、人望も年かさも高い将軍を推薦しよう。――

とひそかに心に誓うのだった。

次の日、帝はまた訊ねられた。

――卿に代えて誰を節度使にすべきか。――

馬燧はまた意識が混濁《こんだく》し、ただ李自良の名前しか思い出せず、それを口にするだけだった。

すると帝は
――では、宰相の推薦によって決めることにしよう。――

とおっしゃり、別の日、宰相たちをお呼びになって訊ねられた。

――馬燧配下の将軍で誰が一番賢者かな。――

宰相たちはみな誰の名も思い出せないことに愕然《がくぜん》とし、口々に李自良がよいというのだった。

李自良は工部尚書《こうぶしょうしょ》・太原節度使《たいげんせつどし》を拝命《はいめい》したのである。

〔『河東記』による〕

この作品にあっても、狐は〈天符〉を所持して神秘を守護する異類であり、人は、その神秘に分け入ろうとする侵犯者にすぎない。ただ、本作にあっては、狐の妖術は神秘を取り戻すために発揮されるのではなく、あくまで〈天符〉を返した謝礼として発揮されるのであり、その意味では、日本における異類報恩譚とかなり近似した物語展開をとると見てよい。ただし、報恩としてもたらされるのが〈妻〉ではなく〈出世〉である点はきわめて中国的であり、また、唐代文学らしい点といえるだろう。

右の事跡に本篇の作者が抱いた神秘の感覚とは、〈狐妖〉の存在やその変幻にあるのではなく、おそらく李自良の運命それ自体にあった。李自良とは、徳宗朝の有名な将軍であったらしく、彼の河東節度使就任について、『旧唐書《くとうじょ》』巻一四六「李自良伝」は次のようにいう（『新唐書』巻一五九にも「李自良伝」はあるが、ここでは省略する）。

貞元《ていげん》三年（七八七）、李自良《りじりょう》は馬燧《ばすい》にしたがって入朝《にゅうちょう》した。馬燧の兵権を解き、徳宗《とくそう》は李自良を後任に就《つ》けようとしたのである。李自良は、ながく馬燧に仕えたことを理由に辞退し、どうしても河東《かとう》（太原）の代表になりたくないという。公論はそれを立派な態度だと見なした。そこで徳宗は彼に右龍武大将軍《うりゅうぶだいしょうぐん》の位を授けたのだが、河東はさまざまな異民族の領土と隣接して適任の選考に難航し、翌日、李自良が帰国の挨拶に訪れた際、徳宗はいうのだった、「卿《そなた》は馬燧に仕え、自身の身分を弁《わきま》えようとする、その慎《つつし》み深《ぶか》さは確かに神妙《しんみょう》である。だが、北辺《ほくへん》の守りを任せるものは卿《そなた》をおいておらぬのじゃ」と。その日のうちに李自良は検校《けんこう》工部尚書《こうぶしょうしょ》・兼御史大夫《ぎょしたいふ》・太原尹《たいげんいん》・北都留守《ほくとりゅうしゅ》・河東節度支度営田観察使《かとうせつどしたくえいでんかんさつし》を拝命したのである。

李自良が在任した九年間、職分を守って倹約に努め、民も兵士もみな喜んだ。一兵卒からのし上りながら、出動する際にはいつも軍律を守り、道理に反した暴力を配下に及ぼすことはなかったのである。

貞元十一年（七九五）の五月、六十三歳で軍中に没した。徳宗はその死を惜しみ、その日は朝務を廃され、左僕射《さぼくや》を加贈されて、布帛《ふはく》・米粟《べいぞく》をそれぞれ賜わった。

『旧唐書』「李自良伝」の記述にあっては、徳宗は李自良の人物をかねて知り、馬燧の後任に李自良を抜擢したのも徳宗自身の判断だったという。『河東記』が収録する『李自良』と『旧唐書』と、どちらが真実に近いか、それはおそらく、ここでは問題ではない。問題なのは、『旧唐書』「李自良伝」も「一兵卒からのし上った」といい、徳宗自身も「自身の身分を弁《わきま》えている」と語った、李自良の出自の低さであろう。鷹狩しか能のない侠客のような李自良がなぜ徳宗朝を代表する節度使に上り詰めることができたのか。当時の人たちはこの点にこそ真の神秘を感じ、〈天機〉の不思議を見て、その〈からくり〉を白日の下に曝したいという欲求にかられたに違いない。〈狐の妖術〉は、そうした観点から見れば、あるいは、李自良の出世を妬《ねた》む人によって捏造された〈合理化〉の一種だったかもしれない。

――下劣な〈墓あらし〉に過ぎない李自良は、たまたま押し入った古塚に住む〈狐妖〉の助けによって奇跡的な〈発跡変泰〉を遂げた。李自良の出世は〈狐妖〉の力なのであって李自良の能力ではない。――

『河東記』が収録する『李自良』」の真の目的は〈狐妖〉の実態を描くことにあったのではなく、〈発跡変泰〉の〈天機〉を明らかにする点にあったと思われる。

三――〈天〉の衰微に乗じるものたち

『河東記』が継承したとされる牛僧孺の『玄怪録』にも、〈狐妖〉ではないのだが、古塚に住む妖怪と〈墓あらし〉の運命を描く神秘の物語がある。唐代に書かれた〈異記〉〈雑伝〉の傾向を端的に示す傑作なので、〈狐妖〉を考える参考として以下に紹介しておこう。

左記は『太平広記』巻三六八「雑器用《ざつきよう》」が収録する『居延《きょえん》の部落主《ぶらくしゅ》』という一篇で、表題にいう居延とは現在の内モンゴル自治区エチナあたりの古名。エチナ川が形成する大湖・居延海がかつてあったこの辺りは、甘粛の回廊地帯からゴビ砂漠の北側にぬける軍事的な要衝に当たり、古来、諸民族の争奪の場となってきた。漢の武帝が築城して張掖郡《ちょうえきぐん》を置いて以来、歴代の中華王朝も何らかの軍事拠点をこの地に置こうとしたが、後漢以後唐王朝にいたるまで、実質的にこの地を領有したのは匈奴《きょうど》（モンゴル）系や吐蕃《とばん》（チベット）系、突厥《とっけつ》（トルコ）系の諸民族だったように思われる。本篇の表題にいう「部落主」とは〈諸部族の集落の首長〉の意であり、本作の背後にあるのもそうした諸民族間の歴史的な争奪戦なのである。

北周《ほくしゅう》の静帝《せいてい》の頃（五七九―五八一）、居延《きょえん》に住むある部族《ぶぞく》の首長《しゅちょう》に勃都骨低《ぼっとこってい》*1というものが

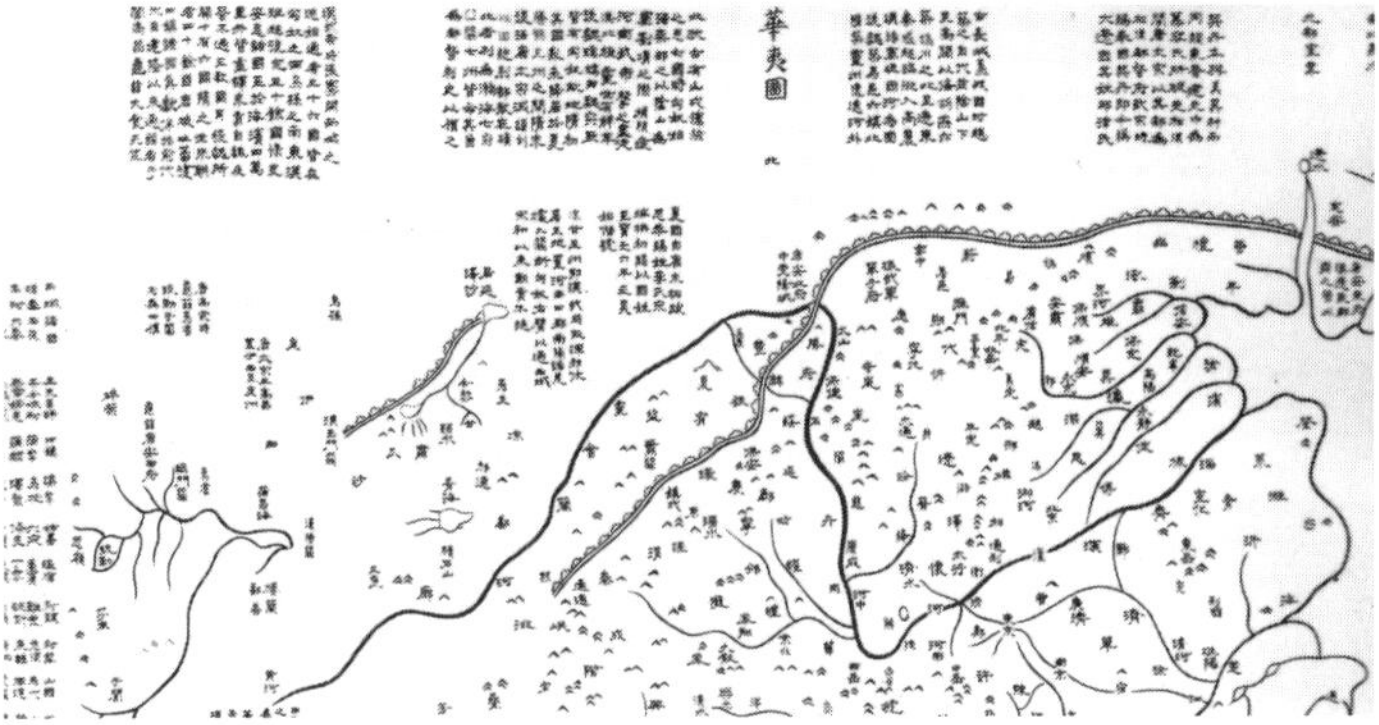

〔図30〕「華夷図墨線図」(部分)
「華夷図」は一一三六年に偽斉の劉豫が開封に建てさせた碑刻で、それを見やすく手書きしたのが「華夷図墨線図」。北宋期の世界観を示す。左上の辺境、長城線の最上部に湖が書かれ、そこに「居延　澤沙」とあるのを確認されたい。

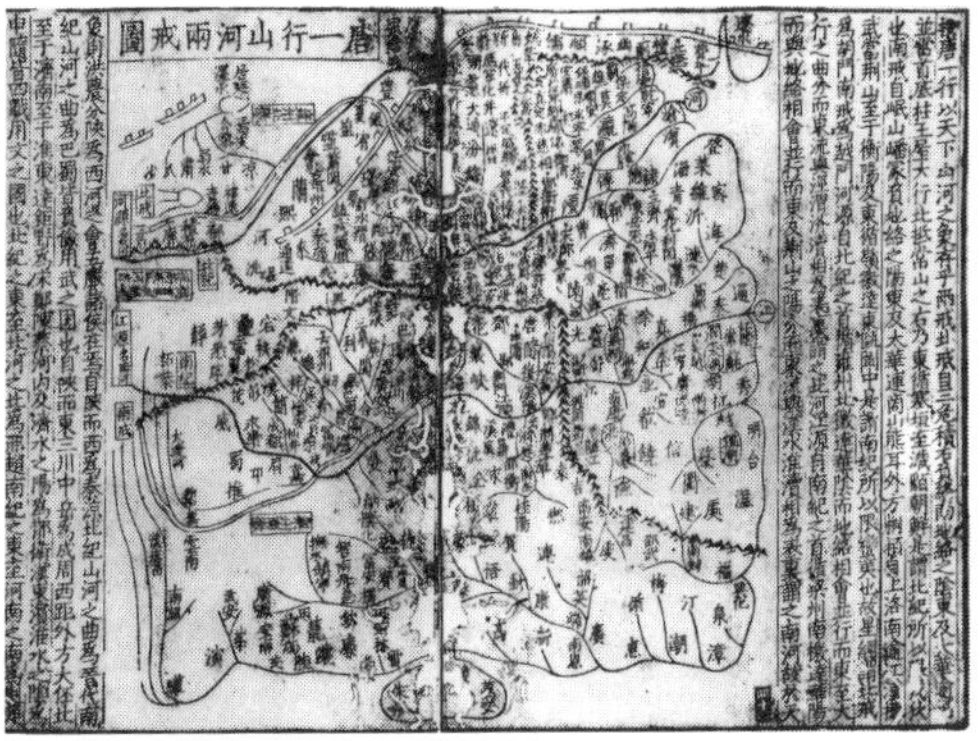

〔図31〕「唐一行山河両戒図」
一一九頁〔図23〕と同様、「唐一行山河両戒図」は、宋・税安礼『歴代地理指掌図』に収められた歴史地図の一種。居延は、実質的には中国に属さない辺境の地だったのである。

いた。彼は悪逆非道《あくぎゃくひどう》の領主で、贅沢三昧《ぜいたくざんまい》の逸楽《いつらく》に耽《ふけ》り、その住まいははなはだ豪奢であった。

ある時、数十人の者たちがいきなり訪ねてきて、中の一人が「名前を省略した部族の部族長・成多受《せいたじゅ》と申す」と書かれた名刺《めいし》を差《さ》し出《だ》し、屋敷の中に小走《こばし》りに入ってきた。骨低《こってい》は「名前を省略した部族とはどうしたわけか」と問うた。多受が答えて

——わたくしども数人はみなそれぞれ別人ですが、姓が馬《ば》のものも、姓が皮《ひ》のものも、姓が鹿《りく》（陸と同音）のものも、姓が熊《ゆう》のものも、姓が麞《しょう》のものも、姓が衞《えい》のものも、姓が班《はん》のものも、名前はみな受《じゅ》と申しまして、ただわたくしだけが全員の名前を一括して多《た》受《じゅ》（余計に受け取るの意）と申しておるのです。——

という。骨低は

——貴公らはみな道化《どうけ》のようじゃな。なにか芸はできるか。——

という。多受が

——〈椀珠《わんしゅ》（皿回しの類か？）〉を多少は心得ますが、我ら、性格はいたって高雅、ことばはすべて経書の意図に合致いたします。——

と答えると、骨低はいたく喜び

——そんなものを見たことはないぞ。ひとつ見せてみよ。——

という。すると、一人の道化が進み出て、口上《こうじょう》を唱《とな》えて次のようにいう*2。

――某等《われら》の肚肌《はらのかわ》、臈臈怡怡《ギシギシピチピチ》、皮は漫《イッパイ》にして身を遶《めぐ》ること三匝《みまわり》。主人の食、若《も》し充《た》らざれば、開口して終《つい》に当《まさ》に捨《のこ》さざるべし。――

【訳】吾らの腹がパンパンに張れば、腹の皮は身体を三回りするほど伸びるだろう。主人が与えてくれる食料が不十分であれば、口をパックリ開けて何でも食べてやる。

骨低は喜び、食べ物を追加してやった。また一人が述べた。

――私は〈大小相成《だいしょうそうせい》（大と小とが互いを生みあう）〉と〈終始相生《しゅうしそうせい》（終わりが始めを生み、始めが終わりを生む）〉の芸を演じましょう。――

そこで、ノッポがチビを飲み込んでいき、デブがヤセを飲み込んでいって、とうとう二人だけになると、ノッポがまた

――今度は〈終始相生〉の始まりです。――

という。すると、一人が一人を吐き出し、次々に吐き出しはじめて、結局、元の人数に戻ったのである。骨低は非常に驚き、手厚く賞与を与えて返したのであった。

次の日も彼らはやってきて、同じように芸を披露する。こうして半月が過ぎ、骨低はいささか面倒になり、食事の用意が嫌になった。道化たちはみな怒り、

――ご領主さまは我われがインチキ手品でもしているとお思いか。お宅の殿御《とのご》・姫子《ひめご》をお借りしてやって見せましょう。――

というと、骨低の男子や女子、弟や妹・甥《おい》や姪《めい》、妻妾《さいしょう》たちを次々に捕まえて腹中に収めてし

まった。腹の中では、みなが泣き叫びながら命乞《いのちご》いをしている。骨仾は慌《あわ》てふためき、階《きざはし》を降りて床《ゆか》に額《ぬか》を擦《す》り付《つ》け、親類縁者を返してくれるよう頼んだ。道化たちはみな笑って、

――怪我《けが》はありませぬ、心配には及びません。――

という。すぐに全員を吐き出し、みな無事に外に出てきたのであった。

骨仾は心底腹を立て、必ず彼らを血祭《ちまつ》りにあげることを誓った。そこで、こっそりと跡《あと》をつけさせて棲家《すみか》を訪ねると、ある古い邸宅の基礎の部分で姿を消したことを突き止めた。骨仾が命令してそこを掘らせたところ、数尺も掘った瓦礫《がれき》の下に大きな木製の檻《おり》が出てきた。檻の中には皮《かわ》の袋《ふくろ》が数千枚もあって、檻の周りはみな稲や小麦で、触れれば灰になる。檻の中には文字の書かれた竹簡《ちっかん》があって、文字は磨滅して読むことはできなかったが、ただ二三字はありありと見え、一字は明らかに〈陵〉の字だった。骨仾は、御陵に収められた袋たちが怪異をなしていたことを知り、すべての袋を取り出してこれを焼き払おうとした。袋たちはそこで檻の中から声を上げ、

――我らは元来、命をもたないもの。放っておいても、やがてはすべて消滅していくのです。李都尉《りとい》がここに置いた水銀*3のせいで、我らはいまも生きているのです。私たちは、都尉であった李少卿殿《りしょうけいどの》が穀類《こくるい》を輸送する際に用いていた袋。墓陵《ぼりょう》の建物が崩《くず》れて押しつぶされ、中の穀類が外に出て平らになっても、長い年月を経《へ》たお蔭《かげ》でいまもこの命があり、その後、居延の山神《さんしん》が我らを道化として引き取られたのです。お願いです、

〔図32〕任仁発「張果見明皇図巻」（部分）
八仙の一人・張果が玄宗皇帝と会面し、その際、箱の中から小さなロバを出して見せた。事は『明皇雑録』に記述があり、それを元朝期の大家・任仁発が描いたもの。

〔図33〕「成都羊子山漢代画像石」
図は、貴人の宴席における技芸の模様を描く。右端の一列は楽団で、左端に一人坐すのが主人であろう。

山神の御心《みこころ》に鑑《かんが》み、われらをどうか毀損《きそん》せずにお置きください。二度とお屋敷を乱すようなまねはいたしません。——

というのだった。

骨柢は水銀を横取りして、諸袋《しょたい》をすべて焼いてしまった。袋たちはみな冤楚《えんそ》の声を上げ、血を流し、のたうちまわったが、焼き終わって、骨柢が廊房《ろうぼう》や出入り口を通ると、そのすべてが諸袋と同様の呻《うめ》き声を挙げるのだった。その音は一か月余りも続いた。

その年、骨柢の家のものは病《やまい》で死に、一年もたたぬうちに誰もいなくなった。その後、水銀は行方知れずとなった。

〔『玄怪録』に出る〕

＊1——「勃都骨柢」は、後文では「骨柢」とのみ書かれる。「骨柢」はおそらく名で「勃都」が部族名だと思われるが、ただし、「勃都」なる部族名を管見の限りで私は知らない。「勃都」は「勃骨」や「勃固」の誤りかもしれない。

＊2——以下の二行は「匝」と「捨」で韻を踏む韻文である。

＊3——水銀は防腐剤として用いられ、そのため、不老長生の丹薬としても用いられた。

『居延部落主』は、阿鼻叫喚の地獄絵と道化たちの哄笑とがない交ぜになったグロテスクな作品で、読後に残る印象の深さは独特のものがある。ただし、物語の構図全体はいたって単純で、勃都骨低という異民族の領主が陵墓（中国の正統王朝から派遣された正統の領主のそれであろう）をあらし、そこに収められていた財宝を奪ったがために祟りに遭う、という実にシンプルなものに他ならない。〈領主の非道とその末路〉とでもいえようか、〈因果応報〉のごとき単純な説話類型に本篇は還元できると思われる。

だが、『居延部落主』を単純な因縁譚と見た場合、そこに登場する〈悪玉〉は明らかなのだが、〈悪玉〉に罰を下す〈正義〉が誰なのかは必ずしも分明ではない。勃都骨低が〈諸袋〉を焼いて墓を出る時、陵墓全体が呻き声を挙げたという記述があるから、勃都骨低に取り憑いて彼を死に導いたのは、少なくとも〈諸袋たち〉だけではなかったのだ。では、彼に取り憑いた悪霊たちに陵墓の墓主や山神も含まれていたのだろうか。

本篇は次のように始められていた、「居延に住むある部族の首長に勃都骨低というものがいた。彼は悪逆非道の領主で、贅沢三昧の逸楽に耽り、その住まいははなはだ豪奢であった」と。とすれば、勃都骨低に天罰が下って死んでいくのは〈物語の外枠として始めから用意されていた結末〉であって、〈内側から紡ぎあげた物語独自の終局〉ではなかった。一方、勃都骨低の邸宅を訪ねた道化たちは、元来、王墓に収められた副葬品が包まれていた〈諸袋（ふくろたち）〉であって、彼らがある種の生命と霊力を手に入れたのは〈不老長生の丹薬（水銀）〉に感化されたから、また、魔法のような術と演技を身につけているのは山神（すなわち地祇）の寵用があったからであった。〈諸袋〉は元来器物に他ならず、彼らの霊力の源泉は彼らが仕えた墓主と山神の〈権威〉に由来した。

もっとも、〈諸袋〉が墓主や山神に仕えたのは遠い過去のことであり、墓内に収められた穀類はすでに風化し、墓主や山神の権威も消えて、北周の静帝の頃には元の墓陵にもどって、〈不老長生の丹薬(水銀)〉とともに、〈諸袋〉は無主となった墓の中で静かに眠っていたのだが。〈諸袋〉は、ときどき腹が空いてどうしようもない時は墓を抜けだし、〈中華〉の伝統に浴さない勃都骨低のような野蛮な部落主を訪ね、芸と交換に〈施し〉を受けていたと思われる。

勃都骨低は非道の領主であろう。ただ、彼が悪行を繰り返しているのは、それを推し止めるいかなる正統の権威もこの世には存在しないからである。一方の〈諸袋〉は妖怪である。この妖怪は〈正当な主人〉の感化力を失って妖怪化したに過ぎず、邪悪な本性によって跳梁跋扈《ちょうりょうばっこ》するものたちではなかった。彼らは〈不老長生の丹薬(水銀)〉と同様、〈正当な居場所と役割〉を喪失して歪《ゆが》んだだけの器物であり、しかるべき場所が与えられさえすれば元の姿に立ち返り、元来の機能を果たすことができたに違いない。勃都骨低と〈諸袋〉はともに、不幸な時代が生み出した不幸な〈造物〉に他ならなかった。

『居延部落主』という右の作品はその全体像を次のように考えることができる。すなわち

――〈天道〉が衰微した北周の静帝の頃である、悪逆非道の領主・勃都骨低は自宅を訪ねた妖怪を殺して丹薬をたまたま手に入れる。が、彼にそれを使う〈能力〉はなく、祟りを受けて横死する。〈天命〉の在《あ》り処《か》を示す丹薬はまた忽然と姿を消し、行方知れずとなる。――

本篇の真の主題は水銀が勃都骨低によって強奪されながらもまた姿を消す点にあるだろう。そ

こに託されているのは、おそらく、〈天命〉を受けた〈正統の王権〉の在り処だった。〈不老長生の丹薬(水銀)〉は〈天命〉を象徴し、〈諸袋〉は〈正統の君主〉がかつて君臨した名残である。また、部落主の勃都骨低は、朝廷の衰微にかこつけて〈覇権〉を伸長させようとする諸部族や武人たちの象徴といえるだろう。

四――〈狐魅〉に侮られるもの

『河東記』『李自良』における李自良が勃都骨低と同質の悪玉だったか否かは今は置くとして、『李自良』に登場する狐が〈諸袋〉と同様、跳梁跋扈する邪悪な妖怪で必ずしもなかった点は、唐代の〈狐妖〉を考える上で実は重大なヒントをあたえてくれる。『李自良』において、古塚を荒らして〈天符〉を強奪していったのは李自良であって狐ではない。狐は、その場で李自良を制止することができず、また、〈天符〉の返還を願い出た際も、玉童玉女を招来する妖術は使いながら、李自良を調伏《ちょうぶく》する呪術は示し得なかった。このことはおそらく、〈狐妖〉には李自良に直接的に妖術を及ぼすことのできない何らかの事情があって、〈狐妖〉の霊力それ自体もすでに枯渇《こかつ》しつつあったことを意味するように思われる。もっと単純ないい方をすれば、人類の侵犯によって〈神秘の世界〉は次第に縮小し、〈狐妖〉もその棲家を追われつつあった、とでもいえようか。李自良は〈覇《は》道《どう》〉としてすでに一定の力を得ていたと思われ、棲家を追われて霊力を失いつつある〈狐妖〉にとっては、彼の命運に加担する以外に自身の命脈を保つ方法はなかったのかもしれない。〈狐妖〉を扱う唐代の〈異記〉〈雑伝〉のあるものは、このように、〈狐妖〉の神秘を描くというよりもむしろ、〈狐妖〉の神秘を通じて〈覇道の擡頭〉や〈天命の衰微〉を描こうとしていたのである。

なお、ここにいう〈覇道〉とは武力によって地域を制圧しようとする者たちを指し、〈天命〉を受け、〈徳〉をもって君臨しようとする〈天子〉を侵害する〈無法者〉をいう。現代漢語においては〈覇道〉は〈横暴〉の意をもち、やくざのボスを〈覇王〉とも呼ぶ。

本章が最後に示すのは、唐代も終末を迎えた懿《い》宗《そう》朝の咸通《かんつう》十三年（八七二）、幽州《ゆうしゅう》・盧龍《ろりゅう》一帯（現在の河北省から北京市にかけての一帯）を支配した張直方《ちょうちょくほう》という将軍の身辺で実際に起こった事件を記述した『王知古《おうちこ》』という〈雑伝〉である。この『王知古』は、皇甫枚《こうほばい》という人が編纂した『三水《さんすい》小牘《しょうとく》』という小説集に収録され（『太平広記』巻四五五「狐九」は「張直方」と題する）、おそらく唐王朝滅亡後に書かれたものと推測される。皇甫枚は、字は遵美《じゅんび》といい、安定三水《あんていさんすい》（陝西省旬邑）の人。白居易の従弟・白敏中の外孫（白敏中のむすめの子）で、唐の滅亡後、天佑《てんゆう》庚午の歳（九一〇）に汾晋に寄食して『三水小牘』を書いたという。唐末の文人の屈折した自意識を描いた、隠れた傑作である。

唐の咸通庚寅《かんつうこういん》の歳《とし》（懿宗咸通十一年、八七〇年）、盧龍軍節度使《ろりゅうぐんせつどし》・検校尚書左僕射《けんこうしょうしょさぼくや》の張直方《ちょうちょくほう》は不羈《ぶしつけ》な上申書を帝《みかど》に提出し、自身を都《みやこ》に招聘《しょうへい》する叙任状《じょにんじょう》を発行するよう要求し、帝は特別な思《おぼ》し召《め》しをもってそれを許可された。張直方の家系は代々燕京《えんけい》周辺を治《おさ》め、河北の民を永く支配して、戦国時代・燕の昭王《しょうおう》が台を築いて郭隗《かくかい》を招き[*1]、太子丹《たん》が荊軻《けいか》を招いた[*2]ように、侠客《きょうかく》や説客《ぜいかく》・戦士を多く集めて不穏な動きを見せたが、朝廷側はいつもその場しのぎの政策をとって張氏一族を優遇する他はなかった。

張直方が盧龍軍節度使の跡目《あとめ》を継《つ》ぐと、彼は元来、五嶽《ごがく》にも匹敵するほどの格式をもった諸侯の家に生まれ、贅沢三昧に育った人だったから、民間の苦楽などまったく意に介さず、屋敷の中では酒色に耽《ふけ》り、外に出ては狩に興じた。大金を出して鷹匠《たかじょう》や狩人《かりうど》を集め、豪華な賞与を用意して妓女や道化を買い上げた。そのため、晩年になると軍人や兵士たちも張直方を恨み、彼も枕を高くして眠ることができなくなった。腹心の中に「屋敷ごと住まいを都に移しては」と進言するものがいて、その計にしたがってとうとう上京し、懿宗《いそう》の手配で左武《さぶ》衛《えい》大将軍の位を授かったのである。張直方は長安《ちょうあん》に上《のぼ》っても鷹を飛ばし猟犬を走らせるばかりで、藩鎮《はんちん》としての軍務に励むそぶりさえなかった。山野に網を張り巻狩に興じて、獲物をごっそりもち帰り、気に入らない家来や妓女がいればたちどころに殺したのである。ある者が「帝《みかど》のお膝元《ひざもと》においての殺戮《さつりく》はなりませぬ」と進言したが、張直方の母親は反対に「うちの子よりも偉いお方がいるのですか」という始末。その僭越《せんえつ》と傲慢《ごうまん》は処置なしであった。そこで、君主をお諫《いさ》めすることを職務とする大夫が張直方の悪事を箇条書きにし、彼を検察に送致するよう進言したが、帝は処罰する決断がつかず、結局、張直方を燕王府司馬《えんおうふしば》に降格し、洛陽《らくよう》警備の一方の責任者として長安から出て行かせたのである。張直方は洛陽に着いても一向に改めず、それどころかますます放恣《ほうし》を極《きわ》めて狩にいそしむ始末であった。洛陽郊外を棲家とする鳥も獣もやがて張直方を見覚え、彼の姿を見かければみな、悲鳴を上げながら逃げ出すのであった。

　ここに王知古なるものがいた。彼は東方の河北・山東の諸侯に見知られ、推薦されて官職に就いていた。多少は勉強をして役人としての教養はもったが、科挙に何度挑戦しても合格することなく、引退して河南を放浪し、蹴鞠《けまり》や酒宴の供応《きょうおう》をする幇間《ほうかん》のような暮らしをしながらあちこちの下町《したまち》を流れ歩いているのであったが、張直方に紹介するものがいて、酒宴に出向き、巧みに追従《ついしょう》をならべたところ、はからずも気に入られ、以来、毎日のように行動を共にするようになったのだった。

　咸通十三年・壬辰《じんしん》の歳(八七二年)の冬十一月、王知古はあさ目覚めて家に炊《かし》ぐ穀類もなく、どんよりと冬の雲が垂れ込めて気もふさぎ、ひとり、とぼとぼ歩いて張直方の館《やかた》へ出向いた。屋敷に着くと張直方が走り出てきて、「これから狩に出かける」といい、「ついて来るか」と訊く。だが、この寒空に、王知古には着ていく服がない。困った顔をしていると、張直方は小者《こもの》の方を振り返り、「短い黒の打掛《うちかけ》をもってこい」と命じて、王知古に「これを着よ」という。王知古はそこで、書生がよく着る黒の上着をさらに羽織って、馬を並べて出て行った。

　長夏門《ちょうかもん》を出るころにはかすかに氷の混じる雪が降りだし、郊外の龍門山《りゅうもんさん》あたりになると細かな粒が注ぐように降る猛烈な雪である。伊水《いすい》を渡って東南に行き、万安山《ばんあんさん》の北の麓までたどり着いた。この間、狩の獲物はおびただしく、野《の》に酒宴を張《は》って兎を食らううち、身体は温まって厳寒を忘れ、やがて雪は止んで霧も晴れた。日は暮れようとする頃であった。

見れば、大きな狐が王知古の馬の前に突然あらわれた。酒の興に乗じて王知古はこれを追い、数里も駆《か》けたが追いつけず、仲間ともはぐれてしまった。しばらくすると鳥たちのざわめきも止み暗くなって、どちらに行けばよいのか、まったく判らなくなった。洛陽の晩鐘《ばんしょう》の音もかすかに聞こえてきて、山野の小道を心細くさまようばかりである。月もない暗い夜道、一更《いっこう》も半ばを過ぎた頃であろう（午後九時ころ）、馬の鐙《あぶみ》に立って眺めれば、松明《たいまつ》の光が積雪に反射して彼方を射《さ》すのが見えた。

そちらに向かって十数里も行くと、高い樹の枝が絡み合うように塀の上に交錯する屋敷がある。朱門*3はなかば開き、白い壁が横に広がって、洛陽の名門とおぼしき立派な邸宅である。王知古は門に近づいて馬を下り、「この門前で朝になるのを待つとしよう」と考えている時であった、王知古の馬が轡《くつわ》を引いて音を立て、それを門番が聞きつけたらしく、扉を隔てて「誰だ」と声を上げた。王知古は、

――わたくし、洛陽に任官を待つもので、太原《たいげん》出身の王知古と申すもの。今朝、友人に河南臨汝《かなんりんじょ》の旧宅に帰ろうとするものがおり、伊水《いすい》のほとりで見送りましたが、別れの盃《さかずき》にいささか酔い、見送った後、馬が駆けだして止められず、道に迷ってここに至ったもの。夜明けには立ち退《の》きますゆえ、どうかお咎《とが》めなきようお願い申しあげます。――

とこたえるのだった。

門番は、

［図34・1］「唐・章懐太子墓壁画　出猟図」（部分）

［図34・2］「唐・章懐太子墓壁画　出猟図」（部分）

章懐太子・李賢は武則天の第二子で、六八四年、巴州に流された後に自殺し、七〇六年に雍王として乾陵に倍葬されたのち、七一一年、章懐太子に追封されて、妻・房氏とともにあらためて乾県に合葬された。図は、その合葬墓の壁画。［図34・2］をよく見ると、先頭の騎馬武者二人は猟犬を抱き、三人目は鷹を手にする。また、その後の二人は馬の尻に猫のような動物を載せている。この動物は、狩のために飼い慣らされた豹だという。この壁画では、犬も豹も地上を走らせず馬上に置く。狩場が遠いのであろう。

――ここは南海副使崔中丞《さいちゅうじょう》さまの荘園《しょうえん》じゃが、主人は最近、〈天書（帝の命令）〉を得て都に出向き、また、若君《わかぎみ》（主人の息子）は財務官と一緒に西方に出張されておる。ここにはいま奥方連《おくがたれん》しかおらぬゆえ、お泊めするわけにはゆかぬが、わしの一存では決めかねる、訊いてみるので、しばらく待たれよ。――

という。王知古は緊張のあまりドキドキしたが、思うに、夜中でもあり、どこへも行く当てはない。拱手《きょうしゅ》したまま起立して待っていた。しばらくすると、蠟燭《ろうそく》の灯《あか》りをもったものが中から出てきた様子で、鍵をまわして扉を開く音がしたかと思うと、乳母らしき女を連れて出てきた。

王知古は進み出て跪拝《きはい》し、ここに至った経緯を述べた。乳母は、

――奥方様は、『主人とせがれは家を空けておりまして、お泊めするわけには参らず、たいへん失礼をいたします。ただ、拙宅《せったく》は山野と境を接し、辺りでは山犬や狼も出没いたしますゆえ、外に放置いたしますのは、溺れるものを見てお助けしないも同然。できますれば、外側の建物にお泊りになり、翌朝、すぐにご退去ください』とのことでした。――

という。王知古は礼を述べると、乳母について門楼を入った。二つ目の門を入ると、中には最初の楼閣があり、規模は大きく、帳幕《ちょうまく》が色鮮《いろあざ》やかに張り巡らされている。銀の燭台《しょくだい》が並べられ、綺羅《きら》を張った席が設けられて、王知古にそこに坐《すわ》れという。酒盃が三廻《みめぐ》りすると、机

いっぱいにご馳走が並べられ、豹胎《ひょうたい》や魴腴《ぼうゆ》など、海の幸、山の幸が尽くされた。乳母はずっと側にいて、しきりに勧めるのであった。

食事が終わると、乳母は王知古に、家柄や代々の位階・官職、父方母方の親族関係などを根《ね》掘《ほ》り葉《は》掘《ほ》り訊く。知古もひとつひとつ詳しく答えた。すると乳母は、次のようにいうのだった、

――秀才さまは車服を用いる高官の一族で、貴族に連なる門閥の生まれ。すでにお年を召され、立ち居振る舞いも上品でいらっしゃる。まことに、高貴な姫様のよき夫になられるお方。わが奥方には目に入れても痛くないむすめがございまして、いつも媒酌人《ばいしゃくにん》にお願いして、良い方を探しておいででした。今宵はいったい如何なる好日《こうじつ》でしょう、ようやく素晴らしい方にめぐり合えたのです。潘岳《はんがく》・楊仲武《ようちゅうぶ》両家*4のような通婚関係を遂げ、鳳と凰のような理想的な夫婦が生まれる好機はこの一会《いちえ》にあったのです。貴殿のご存念をうかがわせていただければ幸いです。――

王知古は居住まいを正し、真顔になって申すよう、

――わたくし、お恥ずかしいことに文章の才に欠け、また、人に自慢できる才華もございません。婚姻を遂げて一家を成そうなどとどうして望みましょう。ただ、泥の中を這いつくばるような卑賤な身の上を嘆くばかりでございました。はからずも、貴家のご恩寵は道に迷った私に及び、この夜半に慶事に逢着《ほうちゃく》しようとは思いもよらぬこと。婿《むこ》とし

てお迎えいただける婚約の儀、まるで秦王《しんおう》に迎えられて弄玉《ろうぎょく》の婿となる蕭史《しょうし》＊5の気分。桃花源で天女《てんにょ》に出会った劉晨《りゅうしん》と阮肇《げんちょう》＊6もかくやと思わんばかり。婚姻をつかさどる目出度《めでた》い三つの星座が仮《かり》に私を照らしていようと、叶《かな》うはずのない高嶺《たかね》の花。そのような高貴な雲井《くもい》の方と、もし連れ添うことができるなら、もはや思い残すこともございません。——

乳母はいたく喜び、少し下卑た冗談をいって奥へ入った。また出てくると、奥方の命を伝えて次のようにいう、

——わがむすめは父の家を出て、女の道にしたがって夫家に入り、婚家の先祖の祭りを守って幾久しく仲睦まじく暮らしたいと、みずから申しております。むすめは幼く愚かゆえ、良いお方に嫁がせなければと、そればかりを念じて参りました。いま、こうしてご高配をいただきましたこと、まことに有り難く存じます。さっそく都に手紙を出しました、遠くはございませんゆえ、車百両分の持参金もじきに揃うはず。目出度き儀式がこれに多く続きましょうぞ、ご期待めされよ。——

王知古は身体を磬《けい》（青銅製で〈くの字型〉の楽器）のように折って拝礼し、

——わたくし、虫けら同然の身分にて、ただ落ちぶれてゆくだけの賤《しず》が家《や》の生まれ。しかるに今、畏れ多くもこのようにお取立ていただいたからには、貴家《きけ》に災いある折は身《しん》命《めい》を賭《と》してご恩報じを致します。ご当主からのお返事をただただ鶴首してお待ち申し上

げたいと存じます。——

というと、また拝礼を重《かさ》ねるのだった。乳母は戯《たわむ》れて、

——将来、婚礼の衣裳を解き、鏡箱を開いて中身をご覧になれば、きっと月のように美しい御姫様《おひめさま》が雲井《くもい》から降りて参りましてよ。その時は、口添えをした私のことを思いだしてくださいな。——

という。王知古は、

——地上から銀河を渡り天界に上るのは一人でできることではございません、必ず引き上げてくれる方が必要なのです。そのことはこの胸に刻み腹に置いて、死ぬまで決して忘れはいたしませぬ。きっと厚く報《むく》いることでしょう。——

と礼をいい、さらに拝礼するのだった。

しばらくすると、庭を照らしていた松明もようやく暗くなり、良夜も底に達する頃となった。乳母は王知古に服を脱ぎ床《とこ》に就くよう促した。上に着ていた黒の麻衣《まい》を取ると中から黒の打掛《うちかけ》が現れる。乳母は訝《いぶか》しそうに問うた。

——文官の礼服を着る人が、丈《たけ》の短い軍服を着ることもあるのですか。——

知古は、

——これは、いつも一緒に遊んでいる仲間が貸してくれたものです。私のものではないのです。——

と言い訳をする。すると、それは誰かと訊ねるので、

――盧龍《ろりょう》の僕射《ぼくや》・張直方から借りたのです。――

と答えると、乳母は突然悲鳴を上げ、その場に卒倒《そっとう》したのである。顔は灰《はい》のように真白であった。

乳母は立ち上がると、振り返りもせずに屋敷に入っていく。遠くから叱責して叫ぶ声がして、

――奥方は相手を間違えた。お客はなんと張直方の仲間だよ。――

という。奥方らしい叫び声が

――急いで追い出せ、仕返しが恐いから。――

というと、婢女《はしため》や下僕《げぼく》、女や子供たちが群《むら》がって出てきて、燃えさかる松明をもち、白い棍棒を引きながら階段を上ってくる。王知古はあわてて庭に逃げ、びくびくしながらあたりを見回し、罵詈雑言《ばりぞうごん》の中、やっとの思いで門を出た。外に出るとただちに扉を閉めたが、中ではまだ大騒ぎをしている。

彼は、しばらくは道端《みちばた》で立ちすくみ、動くこともできなかったが、崩《くず》れかかった土塀の蔭に逃げ込み、馬を見つけて、駆けて逃げた。ふり返って遠くを見やれば、大火《たいか》が野《の》を焼《や》くようであった。

それからは馬に任《まか》せて走らせたが、ある一団に行き合わせた。彼らは税糧《ぜいりょう》を運ぶ荷車《にぐるま》の連《れん》

中《ちゅう》で、人夫たちは牛に餌《えさ》をやりながら火に当たっているのだった。地名を問うと、「伊水東草店《いすいとうそうてん》の南」という。そこで、轡《くつわ》を枕に仮眠をとった。しばらくすると東の空が明るくなって、ようやく人心地がついた。王知古は道を幹線の街道にとった。洛陽に到着しようという頃、張直方の騎馬兵が数人、彼を捜しに来て、それから随分たってようやく張直方の屋敷に着いた。張直方と顔を合わせても王知古は憤懣《ふんまん》やるかたなく、しばらくはものもいえなかった。張直方はこれをなだめた。

席について落ち着いてから、王知古は昨夜の怪事を話した。張直方は立ち上がって自身の髀肉《ひにく》(武人としての内股の筋肉)を撫でながら、

——ほう、山野の魑魅魍魎《ちみもうりょう》もまた人間世界に張直方というものがおることを知っておるのか。——

と満足げだった。それからしばらく王知古を休ませ、数十人の手練《てだ》れを集めて手勢に加え、酒肉でたっぷりもてなして、王知古とともに洛陽の南に向かわせた。万安山の北側に到着すると、王知古が先導してゆく。残雪の中に彼の馬の跡がはっきりと残っており、じきに柏林にたどり着いた。

そこは、枯れ木や枯れ枝が積もった中に碑石《ひせき》や碑板《ひばん》が見え隠れする墓地であった。中に規模の大きな古塚《こちゅう》が十余りも並んでいて、みな狐や兎の巣とおぼしく、墓穴の下には道ができている。張直方は、そこで、手練れに命じて四周《ししゅう》に弓矢《ゆみや》を張り巡らせて待つことにした。墓

穴の中には網や罠を敷き詰め、さらに穴を掘って燻《いぶ》すことにした。しばらくすると狐が群れを成《な》して飛び出してきたので、焼《や》け焦《こ》げたもの、罠にかかって吊《つ》るされたもの、弓に射《い》られたものなど、すべて一網打尽《いちもうだじん》にして大小百余頭の狐を手に入れ、その屍《しかばね》をもって凱旋したのだった。

以上を書き記して、京畿道涇州三水《けいきどうけいしゅうさんすい》の人・皇甫枚《こうほばい》は思う、「王知古は、この世に生をうけながら、男子としての志を遂げることができず、そのために狐貉《こらく》(きつねやむじな)にも馬鹿にされることになった。狐貉よりもさらに強大なものが彼を歯牙《しが》にさえ掛けないのはいうまでもないだろう。もし、王知古が張直方から黒い打掛を借りていなければ、彼は、必ずや穢《けが》れた狐穴《こけつ》で非命の死を遂げたのである」と。

私は以前、洛陽・敦化里《とんかり》の屋敷に住んだ。その折、教師連《きょうしれん》の集まりで渤海《ぼっかい》の博士・徐公讜《じょこうとう》どのがこの話をしてくれた。たんなる怪奇譚と馬鹿にできようか。真実を語っていると思うので、これを書き記したのである。

＊1—「先ず隗より始めよ」の故事で有名な郭隗。燕の昭王に人材を集める方法を問われた郭隗は「郭隗のようなつまらない人でも登用されるなら、われわれはなおさらだと、天下の人物が集まるだろう」と説いた。『史記』「燕召公世家」参照。

＊2—燕の太子・丹は秦王・政(後の秦始皇)を憎み、壮士・荊軻を招いて刺客として秦に送り込むが、計

画は失敗し、荊軻は秦王に殺される。『史記』「刺客列伝」参照。

＊3—朱色を塗った門楼。朱門は富貴の家の象徴である。

＊4—西晋の文人・潘岳は滎陽の名族・楊肇に見いだされ、そのむすめと結婚することによって文人としての名声を得た。楊仲武は楊肇の孫で、元康九年（二九九）に二十九歳の若さで他界する。潘岳は「楊仲武誄」を書き、その文名を不動のものにしたとされる。王知古は、その潘岳にあやかる文人として語られている点に注意しておかなければならない。

＊5—蕭史は秦の穆公の頃の人で、簫の名人。秦の穆公には弄玉というむすめがあり、これを蕭史に娶せたところ、二人は毎日「鳳鳴の調べ」を奏で、鳳凰が舞い降りて舞い踊った。二人は、ある日、その鳳凰に乗って昇仙したのである。『列仙伝』参照。

＊6—本書八一頁の［図12］参照。

右に登場する盧龍軍節度使・張直方は、僖宗《きそう》の広明《こうめい》元年（八八〇）十二月、黄巣《こうそう》が長安を制圧した際、一旦は黄巣に臣従しながら、唐の公卿を多く自宅に匿《かくま》ってそれが発覚し、結局は黄巣によって一族皆殺しにされたという、唐末の河北に蟠踞《ばんきょ》した強大な藩鎮《はんちん》の御曹司《おんぞうし》であったが、彼の事跡は本篇の記述によって後世に伝えられた部分が多かったと推測され、『旧唐書』巻一八〇と『新唐書』巻二一二の本伝は、皇甫枚の『三水小牘』をあまり出るものではない。張直方は戦乱の中で死に、また、世評のあまり芳《かんば》しい人ではなかったようだから、おそらく、墓碑等の伝記資料はあまり書かれなかったと推測される。

右の『王知古』は、『太平広記』巻四五五が『張直方』と題するように、その真の主人公は張直方の方だと見てよいだろう。本篇の末尾には著者による〈論賛〉が附され、そこにおいて皇甫枚は「王知古は、この世に生をうけながら、男子としての志を遂げることができず、そのために狐貉にも馬鹿にされることになった」といい、また、「狐貉よりもさらに強大なものが彼を歯牙にさえ掛けないのはいうまでもない」と述べている。この作品は、〈発跡変泰〉を願いながらも不遇をかこつしかない男子の憤懣を扱った〈慨嘆の書〉であったが、一方で、〈不遇の男子〉を真に愚弄しているのは〈狐妖〉ではなく、「狐貉よりも強大な力をもつもの」であることを告発する〈発憤の書〉でもあった。当時の一般的な通念からすれば、〈発跡変泰〉は個人の資質によるよりもむしろ〈天命〉や〈運命〉によるものだった。右の『王知古』は、その意味において、本章がすでに紹介した『李自良』や『居延部落主』と同様、〈天命の不在〉を嘆く点に最も重要な眼目があった。王知古は本来、〈天子〉の手足となって力量を発揮すべき有用の人材だったかもしれない。その機会を奪って〈狐妖〉の餌食に貶《おとし》めているのは〈受命の天子の衰微〉、すなわち〈覇道の擡頭〉による世界の混乱なのである。「狐貉よりも強大な力をもつもの」とはおそらく、張直方を始めとする悪逆非道の将軍たちを指した。

『王知古』にあっては、〈狐妖〉は柏林から出現してくるものの、彼らはもはや〈天〉の秘密を知るものでも、隠密裏にそれを人に教えるものでもなかった。彼らは古塚に秘められた幽冥の力と結びついて、時に負の霊力を及ぼすことがあったが、といってそれは、人の運命を阻害するほど強大なものではなく、むしろ、悪戯《わるふざけ》に近いものだった。〈狐妖〉の領分は張直方のような人界の魑魅魍魎によって侵犯され、もはや、いかほども残されてはいなかった。自然と人工の対立が唐代の妖怪の世界にもあったとはいわないが、現代日本の里山にも似た状況が古塚の周辺をめぐってはすでに展開されていた。薄明の柏林にひそむ妖怪たちは、〈天命〉を盗もうとする悪逆非道の将軍たちによって、不遇をかこつ文人たちとともに、すべて狩り尽くされようとしていたのである。

終章

「人虎伝」の系譜が語ること

一——「人虎伝」の系譜

中国で生まれた〈伝奇〉を換骨奪胎して近代小説に書きかえた例は日本には数多くあるが、その中でも特に人気が高いのは中島敦（一九〇九―一九四二）の『山月記』であろう。李徴《りちょう》という狷介《けんかい》の士が発狂して姿を消し、翌年、月夜の商於山《しょうおさん》中において、監察御史として嶺南に使いする友人袁《えん》傪《さん》と虎となって邂逅する——というこの小説は、さまざまな注釈家たちがすでに指摘するように、清・陳世熙《ちんせいき》輯『唐人説薈《とうひとせつかい》』巻二〇所収の李景亮《りけいりょう》撰『人虎伝《じんこでん》』に取材すると考えられている。『山月記』において李徴が「今の懐いを即席の詩に述べて見ようか」と述べて詠じる七言律詩は『唐人説薈』所収『人虎伝』にそっくりそのまま登場し、しかもその尾聯には「此夕渓山対明月・不成長嘯・但成嗥」、すなわち「今宵、渓流においてこうして山月と向きあい、わたしは朗々と詩を吟詠しようとする。だが、その歌声は人の声にはならず、ただ虎の咆哮になるばかり」という表現がある。『山月記』という表題の由来はこの尾聯にあるのであり、中島敦はたぶん、「長嘯《ちょうしょう》を成さず但《た》だ嗥《こう》を成す」という一句の中に自身の懊悩と同質の呻きを見たのである。

清・陳世熙輯『唐人説薈』巻二〇所収の李景亮撰『人虎伝』は、ただ、私の目からすれば中国幻想小説のいわば〈成れの果て〉ともいえる愚作で、中島敦がそこからヒントを得て『山月記』を書いたとはとても思えない。彼は『人虎伝』の元のヴァージョンを知っていて、核となる発想はそこから得て、七言律詩のみを『唐人説薈』所収の『人虎伝』から拝借したのかもしれない。というより、むしろ、二十世紀を生きる近代人としての彼の感性が〈唐代伝奇〉の本来の姿をたくみに嗅ぎ分けて、変わり果てた『人虎伝』を見事に元の姿に戻して見せたのかもしれない。というのは、これもすでにさまざまな注釈家たちが指摘しているのだが、『人虎伝』のもとのかたちは『太平広記』巻四二七「虎　二」『李徴《りちょう》』（『宣室志』からの引用という）にあって、『山月記』は、七言律詩の引用を除けば、おおむね『太平広記』所収の『李徴』にしたがっているように思われるからである。

岩波文庫『山月記・李陵　他九篇』に〈注〉を附された飯倉照平氏は『山月記』の元本について次のように述べている。——唐・李景亮撰と題する「人虎伝」に題材をとっている。「人虎伝」は、明・陸《りく》楫《しゅう》編『古今説海《ここんせっかい》』や清代に編集された『唐人説薈』などの叢書に収める。（日本では、『国訳漢文大成』の「晋唐小説」に『唐人説薈』から引いた「人虎伝」が、塩谷温による訓と註で収められている。）この話のもとの形は宋代に編集された『太平広記』四二七巻に『宣室志《せんしつし》』から引かれた「李徴」に見られる。『宣室志』は唐・張読編の説話集で、散逸したあと明代に再編集されたものが明・商濬《しょうしゅん》編『稗海《はいかい》』に収められているが、これには「李徴」は入っていない。『太平広記』そのものが版行されて流布したのは明代以降であるから、『太平広記』または他の伝本にある「李徴」をもとにして、おそらく明代に手を加えて改作したのが「人虎伝」であると思われる。作者が唐・李景亮とされているのも、改作のさい仮に付した名であろう。「人虎伝」のうち、字数で四割ほどがあとで書き加えられているが、その内容は、虎となって人を食するに至ったなりゆきの描写と、その心境を詠んだ詩、それに寡婦との私通をとがめられ、その家に放火して皆殺しにしたことを後悔しているくだりなどである。

――

右の注釈の要点をまとめるならば、『山月記』（一九四二年刊行）は『国訳漢文大成』（一九二二年刊行）が『唐人説薈』（一八六九年刊行）から引いた李景亮撰「人虎伝」に基づいて書かれたが、その李景亮撰「人虎伝」は『太平広記』（日本への伝来時期は不明だが、石田幹之助は一九三〇年の日付をもつ初期の論文の中ですでに『太平広記』を引いている）所収の「李徴」に字数でいえば四割ほど加筆したものであり、李徴の心情を詠んだ七言律詩もその加筆部分に出る、ただし、同じく加筆部分にある〈虎となって人を食するに至ったなりゆきの描写〉や〈寡婦との私通をとがめられ、その家に放火して皆殺しにしたことを後悔しているくだり〉は『山月記』においては用いられなかった、ということになるだろう。

『太平広記』（十世紀末の成立）所収『李徴』から『唐人説薈』（十九世紀中葉の成立）所収『人虎伝』にいたる「人虎伝」の流れを私なりに簡単に整理するなら、およそ次のようになる。

『太平広記』の成立からおよそ一五〇年が過ぎた南宋期に『類説《るいせつ》』と『錦繍万花谷《きんしゅうばんかこく》』という二つの

類書が出版され、そこに、『摭遺《せきい》』（宋・劉斧撰）という書物からの引用として「李積化為虎（李積《りせき》は化《か》して虎《とら》に為《な》る）」と題されたほぼ同文のダイジェストが掲載されている。短い文章なので、全文を次に直訳してみよう。

唐の李儼《りげん》は御史となって嶺南《れいなん》に使いした。荊南《けいなん》駅にさしかかった時、吏が「南側の渓谷には虎がいる、北側を行くべきだ」という。李儼は「王命を所持するものが虎を避けるとは何事か」とたしなめ、馬に鞭して進んだ。虎が躍り出て、また草陰に隠れた。「あやうく友人を傷つける所だった」という。李儼はそれが友・李積《りせき》の声だと判って、「どうしてここにいるのか」と問うた。虎は述べた、「宿痾《しゅくあ》のために発狂し、山谷の間に入って虎となった。以来、冕《かんむり》して趨《はし》る者（役人）、翼《つばさ》して翔《と》ぶ者（鳥類）、毳《ほそきけ》して馳《はし》る者（小動物）は、みなこれを襲って啗《くら》ったのだ。先日、銀の腕輪をした婦人がいた。その腕輪を銜《くわ》えて川辺に往き、下に落として沈めておいた。ここから百歩の場所だ、君はそれを拾って我が家に届けてくれ。ああ、人を食してその遺物を妻子に贈るとは、私は今、倒行逆施《とうこうぎゃくし》（常理に逆らい出鱈目を行う）している」と。李儼が「何か後悔するようなことを仕出かしたのか」と問うと、虎は「私はかつて孀婦《みぼうじん》と私通した。その家は常に私を殺そうとした。私はその家族を酔わせ、皆殺しにして逃げたのだ。これを後悔している」と答えた。李儼が山に上り一息つこうとして振り返ると、巨大な虎が林木を震わせて咆哮し、去っていくのが見えた。〔『摭遺』〕

右の逸話は、虎に変身する人物の名を李積、監察御史の名を李儼とし、一見、「人虎伝」とは無関係な別の物語のようにも見える。だが、一つ一つの展開を押さえつつ「私はかつて孀婦《みぼうじん》と私通した。その家は常に私を殺そうとした。私はその家族を酔わせ、皆殺しにして逃げたのだ」と語るくだりまで読み進めば、これが「人虎伝」の系譜に属する別伝の一種であることが明らかになる。このヴァージョンの成立がいつまで遡れるかは定かでないが、ただ、『類説』が引用する『摭遺』所収の逸話には北宋期のものもかなり含まれているから、少なくとも『摭遺』の成書については、宋王朝の南遷をさほど遡る時期ではないと推測される。また、日本には伊達家観瀾閣が所蔵していた『酔翁談録《すいおうだんろく》』という話本集が残っていて、その版式を見る限り明らかに元刻本と考えられるのだが（おそらく十四世紀初頭の江西で版刻されたものであろう）、この本の劈頭、甲集巻一の「舌《ぜっ》耕叙引《こうじょいん》」には「人虎伝」という外題が掲載されている（内容についての記述はない）。ここにいう「舌耕」は話芸の意で、「舌耕叙引」とは〈寄席で行われる講談類を紹介した書籍の前書〉の意。そこに「人虎伝」という外題が登場するのは、〈人が虎に変身する物語〉が〈舌耕〉の代表的なネタの一つだったからに他あるまい。中国の〈舌耕〉は十二世紀初頭の開封《かいほう》（北宋の首都）に始まったと一般には考えられ、『酔翁談録』はおそらく、その開封や臨安《りんあん》（南宋の首都）で語られた講談類を集めたダイジェスト本だった。だとすれば、盛り場の演芸場で育まれた「人虎伝」が北宋末に『摭遺（〈遺物を集めたもの〉の意）』という逸話集に取り込まれ、それがさらに『類説』や『錦繍万花谷』といった類書類に又引きされた可能性も否定できないように思われる。いずれにしても、『摭遺』が収録した「李積化為虎」は『太平広記』所収の『李徴』を書面上で継承したのではなく、同話を扱って文字化された怪異譚のようなものが別にあって、盛り場の話芸や民間の書肆等を介在しながらそれが南宋期の江南まで伝えられてきたものと推測されるだろう。

さらにまた、『類説』や『錦繡万花谷』の次に来るのが飯倉照平氏も紹介する明・陸楫編『古今説海』（一五四四年刊行）巻七二『人虎伝』（闕名撰）、ならびに、清・東《とう》魯《ろ》古狂生《こきょうせい》編『酔醒石《すいせいせき》』（十七世紀中葉の刊行）第六回「高才生傲世失原形　義気友念孤分半俸（高才の生《わかもの》は世に傲《おご》りて原形を失い　義気の友は孤《こじ》を念《おも》いて半俸を分かつ）」である。この二種は『唐人説薈』所収・李景亮撰『人虎伝』とほぼ同文であり（文字の異同は校訂の範囲である）、寡婦との密通をめぐる情節や七言律詩も完備して、李景亮撰『人虎伝』とほとんど選ぶ所がない。ただ一点、大きく異なるのは主人公の名前で、『古今説海』と『酔醒石』はともに李徴を李微に、袁傪を李儼とする。袁傪を李儼とするのは『類説』や『錦繡万花谷』が掲載する「李積化為虎」も同様であった。このことから判断するに、「人虎伝」の系譜は民間の書肆が伝えた〈李儼の見聞録のようなもの〉をおそらく基礎とし、明代においても『太平広記』は参照されることなく、そこに多少の枝葉を加えながら成長していったものと推測されるのである。

『人虎伝』は、松江府《しょうこうふ》（現在の上海）の儼山書院《げんざんしょいん》・陸楫が一五四四年に刊行した『古今説海』において、すでに一応の完成形に到達していたものと思われる。その証拠に、『古今説海』所収『人虎伝』

は、一八六九年に刊行されたと思しき『唐人説薈』版と比較して、文字の上で何の区別もない。『唐人説薈』版は『古今説海』版を丸ごと全部写し取っているのだが、ただ、登場人物の名前だけは〈李微と李儼〉から〈李徴と袁傪〉に変更されている。ということは、『唐人説薈』版は、『太平広記』の系譜を引く何かをどこかで参照したことになるだろう。しかもその参照は、『太平広記』に直接当たって原本を確認するような学究的なものではもちろんなく、新味を出して『古今説海』との差別化を図るような、きわめて打算的な〈売らんかな〉を狙ってのものだったと推測される。『唐人説薈』にもし書肆としての良心があったなら、『古今説海』や『酔醒石』がともに闕名撰とし、『太平広記』が張読《ちょうとく》撰の『宣室志』に出ると明言した「人虎伝」の作者を、わざわざ李景亮撰に改める必要はなかったと思われるからである。李景亮とは中唐期に実在した伝奇作家のひとりで、人妻との密通を描いた『李章武伝《りしょうぶでん》』（本書一一二頁参照）の作者でもあった。『唐人説薈』は、「人虎伝」に登場する李某が寡婦と密通する点に着目して『人虎伝』の作者を李景亮に比定したのかもしれないが、だとすればその編者は、不倫をネタに作者まで捏造するという、ずいぶんな〈下種《げす》の勘繰《かんぐ》り〉をやってのけたものである。『唐人説薈』とは右の故に、確たる来歴を何ももたない、実にあやふやで信用のならないテクストといえるだろう。

二――〈唐代伝奇〉が語ること

中島敦の『山月記』に収斂していく「人虎伝」の系譜を、時代順にいうなら『太平広記』『類説』『錦繡万花谷』『古今説海』『酔醒石』『唐人説薈』と、右に六種ほどたどってみた。これとは別にもう一種、明の徐応秋《じょおうしゅう》という人が書いた随筆集『玉芝堂談薈《ぎょくしどうだんかい》』巻一〇に「牛哀化虎（牛哀、虎に化す）」という一項があって、そこに「隴西《ろうせい》の皇族李微《りび》は汝墳《じょふん》の逆旅《げきりょ》中において狂疾を得て忽《たちま》ちにして化して虎と為る」という一文がある。「隴西の皇族李微」という人名や「汝墳」という地名から推して、この記事も「人虎伝」について語るものと思われるのだが、たった十八字の略記なのでこれは捨て置くとしよう。以上の六種（ないし七種）が私の知り得た「人虎伝」のすべてで、右の叙述における私の目的は、『山月記』の理解を深めることにではなく、〈唐代伝奇〉の継承過程を再確認することにあった。

さて、「人虎伝」の系譜をはじめから順次たどってみて気付くことがある。それが何かといえば、撰者や主人公の名、地名等はあれこれ変化するにもかかわらず、変化することなく、六種に共通して現れる表現があることである。その第一は、「狂疾によって山谷に入った」とすべての「人虎伝」が述べている点、またもう一つは、前掲の「李積化為虎」に「以来、冕《かんむり》して趨《はし》る者（役人〉、翼《つばさ》して翔《と》ぶ者(鳥類)、毳《ほそきけ》して馳《はし》る者(小動物)は、みなこれを襲って啗《くら》ったのだ」というセリフがあったが、この数句は、『太平広記』や『古今説海』『酔醒石』『唐人説薈』といった完本はもちろん、『類説』や『錦繍万花谷』といったダイジェスト本にあっても、典故を用いた定形表現でもないのに文字使いまでみな共通して登場している点であろう。これはなんとも奇妙なことではあるまいか。

思うに、「人虎伝」が何代にもわたって繋いできた興味の核心は、「李某はなぜ虎に変身したのか」といったナイーヴな問題だったのではなく、「毳して趨る者、翼して翔ぶ者、毳して馳る者はみなこれを襲って啗う」という〈獣の眼差し〉、「何か動くものがあれば思わず襲いかかって食らいつく」という〈虎の感性〉、ないし〈肉食の愉悦〉といったようなものだったのではあるまいか。

人が虎に変身する話なら、中国には掃いて捨てるほどあった。たとえば『太平広記』を見ただけでも、巻四二六から巻四三三までの八巻はすべて〈虎〉をテーマとし、そこに都合八十もの逸事が収められている。もちろん、そのすべてが変身譚ではないが、人が虎になって姿を消すくらいの怪異譚なら半数の四十は優に超えるだろう。人が異類に変化するくらいのことは、唐代にあっては別段珍しいことではなかったのだ。そうした中で『李徴』だけが特別な系譜を形成し得たのは、他でもない、この物語だけが〈虎の気持ち〉を直接的に語っていたからである。

唐代にあっては、異類変身譚は〈ものがたり〉ではなく、〈記〉や〈伝〉として書かれる〈事実の記録〉だった。たとえば崔韜《さいとう》という役人がいて、その男が妻を娶り、その妻がある日虎に変身して夫を食い殺したとしよう（『太平広記』巻四三三『崔韜』）。この事件を〈事実の記録〉として書くことを考えた場合、記述者は変身した本人ではないのだから、その者の気持ちは当然ながら語れない。また、虎は元来人語を語らないから（妖虎は別である）、妻であれば会話もしようが、虎に変身してしまえば夫との対話は成り立たない。この故に、第三者の目で書かれた「崔韜伝」においては〈虎の気持ち〉は書けないのである。

しかるに、『李徴』はどうだろう。虎が監察御史の眼前に躍り出て草陰に隠れた後、夜陰の中で対話が始まり、虎の口から李徴の名前が明かされる。それを聞いた監察御史は〈李徴が虎に変身した事実〉に疑問を差し挟むことはせず、ただ、「君はいま異類でありながら、なぜ、なお人語を解するのか」と問うのである。袁傪にとって問題だったのは変身の怪ではなく、虎であるのに人語を語る怪だったのだ。それに、虎はすでに「狂疾によって山谷に入った」と変身の理由を述べている。それを素直に受けとめ、対話に専念することによって、彼は〈虎になったものの心境〉を引き出すことに成功したのだ。『李徴』の特異性は正にこの点にあったといってよい。

ちなみに『山月記』は、虎が人語を語る点について「あとで考えれば不思議だったが、そのとき、袁傪は、この超自然の怪異を、実に素直に受け入れて、少しも怪しもうとしなかった」と記述している。中島敦は、虎が人語を語る怪をうやむやのうちに誤魔化そうとしているのである。

ところが、これが宋代以後になると、桃源郷の実在をリアルに考えようとする文人たちが登場してくるのと同質の変化（本書二一六頁参照）が「人虎伝」の系譜にも見られはじめる。彼らは、人が虎に変化する怪に「狂疾」以上のリアリティーを追求し、やがては〈寡婦との密通〉という情節を発明してこれを「人虎伝」の中に書き込んだ。この加筆が、一面では〈伝奇〉の堕落を意味することはいうまでもない。すべての事象にはもちろんしかるべき原因があるはずで、「狂疾」が変身の理由にならないのはいうまでもない。だが、〈怪異〉とは元来〈合理〉を超える事象のことなのであって、そこに〈倒行逆施(非道の行い)〉とその〈報い〉といった〈因果〉をつけてしまえば、〈事実の記録〉は途端に〈たとえ話〉に堕してしまう。〈事実〉に求められるリアリティーは〈因果応報〉ではない。〈寓意〉がなければ成立しないのが中国の〈怪異譚〉の宿命ではあったが、それにしても、〈虎のような行い〉が〈虎の姿〉を招くのであれば、〈寓話〉にもならない〈教訓譚〉に過ぎないだろう。この故に私は、宋代以後の「人虎伝」を愚劣な〈成れの果て〉としか見ないのである。

『太平広記』所収の『李徴』は、武田泰淳氏の言葉を借りるなら「歴史的事実の外側に甘い空想の幕をはりめぐらさない……事実だけで純粋に心を打つ」(「中島敦の狼疾について」)、唐代にあってはごく普通の〈伝奇〉といえるだろう。そこに描かれるのは、袁傪という実在の監察御史が、これも実在の人物であった李徴という皇族と再会し、彼の口から、虎になった感慨とその生理を聞くという、〈実態〉そのものなのである。本書がこれまで紹介してきたいくつかの作品と同様、『李徴』が問題にしているのは〈臆病な自尊心や尊大な羞恥心〉(『山月記』中の李徴の言葉)といった自意識のあり方ではなく、〈運命〉それ自体と、その〈運命〉を受け入れる以外にない人生のあり様なのである。

『太平広記』版『李徴』は次のようにはじまる。

隴西《ろうせい》の李徴《りちょう》は皇族の子孫で、虢洛《かくらく》に家を置いた。彼は、若い頃から博学で文章がうまく、弱冠にして州府の特待生に任じられ、名士とされた。玄宗《げんそう》皇帝の天宝《てんぽう》十年（七五一）の春、尚《しょう》書右丞《しょうじょう》・楊没《ようぼつ》が主宰した科挙試に進士及第し、数年後、江南の尉《ふくかん》に採用された。

彼は、だが、もともと放埒で我が儘な性格《たち》で、自身の才能を鼻にかけ、傲慢で、同僚や部下に頭を下げることができなかった。そのため、いつも鬱鬱として楽しまなかった。宴会があるたびに、酔うと「私は本来、君たちと仲間になるような生き方はしないのだ」という。同僚や部下はみな彼を憎んだ。

役人を辞め、隠棲して門を閉ざし、人との往来を絶って一年余りが過ぎた。が、やがて食えなくなって、旅支度を整え、呉楚《ごそ》の地（当時の淮南道をいう）にむかい、地方役人の俸禄を求めた。呉楚の人々は彼の噂をかねて聞いていたから、彼がくるとすぐに接待し、宴遊は歓を尽くし、去り際には厚く贈与して嚢《ふくろ》を満たしてやった。李徴は呉楚の地にまる一年ほど滞在し、たくさんの贈物を集めて、虢洛への帰途に就いた。

途中、汝墳《じょふん》の旅籠に泊ったときである。彼は突然、病に取り憑かれ、発狂して下僕を鞭打ち始めた。……

李徴が科挙試に進士及第したのは天宝十年のことだった。とすれば、彼が汝墳の旅籠で発狂したのは、おそらく、〈安史の乱〉以後の混乱の中だったと思われる。

彼は当時かなりの有名人だった。科挙試に進士及第して江南尉（県令の副官）の地位を得た。しかし、その出自からくる強烈なエリート意識のせいであろう、彼は尻を捲って職を辞め、隠棲してしまう。が、やがて食べるものにも困るようになって、単身、出掛けた先が呉楚であった。ここにいう呉楚とは本書一一九頁で紹介した淮南道をいい、彼が尉を勤めた江南道の隣である。また、彼の目的は「地方役人の俸禄を求めること」、すなわち〈猟官〉にあった。ただし今回は、朝廷の叙任状を携えての正規の赴任ではない。彼は、何の資格も要しない下級役人の現地採用に応じようとしたのである。この段階で李徴は、すでに十分〈節を曲げて時勢におもねった〉といえるだろう。ところが現地にあっては、「彼の噂はかねて有名だったから」、適当に金品だけを渡されて、採用されないまま態よく追い出されてしまったのだ。呉楚はよほど豊かな土地だった。エリート意識の塊のような彼が、元の勤務先の隣道をわざわざ選び、恥を忍んでその地まで出向いて行ったのである。李徴は汚辱にまみれ、自身の処世の拙さを骨身にしみて感じたに違いない。

『李徴』は、変身の過程を次のように語っている。

「私が人だったとき、それは去年、呉楚からの帰り道に汝墳を通ったときだった。にわかに病に取り憑かれて発狂し、山谷に入った。ふと気付くと、私は左右の手を地面に着けて歩いていた。それからだんだん獰猛《どうもう》な気持ちが満ちてきて、力があふれてくる。腕や腿《もも》を見ると細かな毛が生えているのだ。以来、冕《かんむり》して道を行く者（役人）、負《お》いて奔《かえ》る者（農民）、翼《つばさ》して翔《と》ぶ者（鳥類）、毳《ほそきけ》して馳《はし》る者（小動物）を見ると、みな捕まえてこれを啗《くら》いたくなる。漢陰の南にたどり着いたときだった、腹がへってたまらず、その肌《はだ》を腯然《まるまる》とするもの（女性をいうだろう）に値《あ》って、たちどころにまるごと食べてしまった。それからは、これが日常になってしまった。……

あゝ、私は君と同年の進士及第で、かねてより深い友情で結ばれていた。君はいま帝になり替わって法を執行し、親戚友人の誇りとなっている。だが私は、林間に身を潜め、永久に人に戻ることはない。身体を躍らせて天に吠えかかろうと、うなだれて大地に涙を流そうと、人の身体を失って虎になった身がいったい何の役に立つだろう。これが私に与えられた運命なのだろうか」。

右にいう「以来、冕《かんむり》して道を行く者……まるごと食べてしまった」は、すでに指摘したとおり、この作品にあっても特に出色の箇所だろう。虎に変身した李徴にとって、男女の区別や身分の違いはもはや意味をなさない。すべては目に見えるとおりの存在でしかないのであり、役人は「冕《かんむり》をするもの」、農民は「鋤や籠を負うもの」なのである。中でも面白いのは「腯然其肌」で、「其の肌を腯然《とんぜん》（豚のようにふとる）とするもの」と読むのだろうが、おそらく女性を指す。若い女性の豊満な肉体は、虎から見れば「腯然《とんぜん》」、すなわち、ブタのように美味そうなものでしかないのだ。ここには人としての感性はもはやない。

袁傪は、李徴のこの言を聞いて、問う、「君はいま異類でありながら、なぜ、なお人語を解するのか」と。李徴がいう「永久に人に戻ることはない」の言に触発されてのことであろう。

虎は答えた。

「私はいま、姿は変わっていても意識はしっかりしている。だから、先ほど君に襲いかかったことを後悔し、自分で自分が嫌になっている。それは言葉に尽くせないほどだ。昔の私に免じて、人非人《にんぴにん》の行いを許してもらうわけにはゆくまいか。とはいえ、君が嶺南から帰還する折にまた会えば、その時は必ず昔のことは忘れていよう。君の身体を見ればお誂《あつら》え向《む》きの餌にしか思うまい。君もどうか、護衛を固めて備えておいてくれたまえ。でないと、私に罪つくりをさせて、君が笑いものになるだけだから」。

李徴は、人としての意識がある時だけ人語を語ることができる。だが、その意識はしだいに消えつつあって、袁傪が帰任する一か月後には雲散霧消しているだろう。李徴は、自身の変化をすでに受け入れているように思われる。

物語はこうして、いよいよ核心部分に入っていく。李徴は、薄れていく人の意識を立て直して、最後の願いを袁傪に託すのである。

虎はいう、「私と君は形骸を超えた心の友だ。君に頼みたいことがある、聞いてくれるか」と。袁傪は「昔からの友人の頼みだ、聞かぬわけがない。何でもするから、どうか、すべてを話してくれ」と答えた。虎はいう、「今までは口にできなかったが、もう隠し立てはしない。旅の宿で病となって発狂した時、私が荒山に入ったものだから、下僕たちは金目のものをすべて携え、私の馬を使って逃げてしまった。私の妻と幼子はまだ虢洛《かくらく》にいて、私が虎に変わったことを何も知らない。君が嶺南から帰還した折には、手紙を出して、私は死んだと妻子に知らせてほしい。今日のことはいわずにいてくれ。これは大事なことだ」と。さらに続けて、「私は、人だった折に何の資産もなかった。子供はまだ幼く、自活は難しい。君は今や、帝に直接お会いすることが叶う殿上人。昔からの付き合いや友情を思えば、君にしか頼めないのだ、どうかお願いだ、孤児となった我が子が困窮すれば時々は援助の手を差し伸べ、あの子が路頭に迷い野たれ死にすることがないようにしてやってくれ」と、すすり泣いた。袁傪も泣きながら、「君の願いは私の願い、君の子は私の子でもある。命に代えて守るから心配するな」と述べた。

虎はいう、「むかし書いた文章が数十篇あって、誰にも見せたことがない。遺稿があってもみな散逸してしまうものだが、君はそれを書きとめてくれまいか。よそ様に見せようというのではない、我が子孫に伝えておきたいのだ」と。袁傪は下僕に筆をもってこさせ、口移しに書き取らせた。二十篇ほどあり、表現は高邁で論理は深遠であった。袁傪はしきりに感嘆した。虎は述べた、「これがむかしの私の真実だ。人に読んでもらいたいなど、そんな大それた気持ちはもっていない」と。

さらに続けて述べた、「君は勅命を帯びて駅馬を駆けらせる立場。急がねばなるまい。久しく駅吏を待たせてしまい、恥ずかしい限り。さあ、永遠の別れだ。ふたり、住む世界が違う、もはやいうべきことはない」と。袁傪もまた別れを告げ、随分たってから出発した。

袁傪は南から帰ると、書簡に弔いの供物を添えて、李徴の子に送った。ひと月ほどして、李徴の遺児が袁傪を訪ねて虢洛から上京してきた。亡父の柩《ひつぎ》を求めたのである。袁傪はやむなく、事実を具《つぶさ》に書き与えた。袁傪はその後、自身の俸禄を応分に分けて送った。李徴の妻子は飢餓に陥ることはなかったのである。

袁傪は、官位は兵部侍郎《へいぶじろう》に至ったという。

右に訳出したのは原作の後半、およそ三分の一ほどだが、ここで問題なのは、「むかし書いた文章が数十篇あって、誰にも見せたことがない」と訳した「文章」が散文なのか詩なのか、という点であろう。原文は「旧文数十篇」といい、漢語として普通に解釈すれば、「詩文」というい方があるように、「文」は散文である。ただ、その「旧文」を口移しに書き取らせる展開を考えるなら、散文より詩歌の方がよりふさわしいし、それに何より、中島敦がこの部分を詩歌と解釈し、『山月記』にとりわけ重要な〈読み替え〉を仕組んでいたのである。「旧文」が散文であるか詩歌であるかは、日本の読者にとって特別重大な問題になってしまったのである。

だが、考えてみれば、原作はこれを「旧文」としかいわず、中身についてはいっさい紹介しないのだから、「むかし書いた散文」と解釈する以外に特段の深読みは必要ないものと思われる。李徴は挫折したエリートである。彼は、誇りを捨てて呉楚に禄を求め、その帰途、発狂して虎になった。虎の生理は日に日に彼の意識を侵食し、人に戻る可能性はもはや絶たれたのと同然であった。李徴はその運命を素直に受け入れ、袁傪に妻子を託して、夜の山谷に分け入ろうとしている。そんな折、捨てたはずの〈士人の誇り〉が残滓のように浮上し、李徴は、自身の文章を我が子のもとに届けたいとふと願う。文名を成そうとの魂胆は彼にはない。また、詩文の世界に未練があるわけでもないだろう。彼はただ、かつて有した〈士人の誇り〉を〈自身の血脈〉とともに保全したいと考えただけなのであり、中国の知識層がみなそうだったように、〈世に用いられなければ雌伏して子孫の栄達を待つ〉、そうした処世を選択しようとしただけだったのだ。ここには、現状に対する諦念と、血脈にたいする厚い信頼とがある。

『太平広記』版の『李徴』は、挫折したエリートの運命を率直に描いた〈事実の記録〉に他ならない。李徴や袁傪の言が時に感傷的に感じられるのは、人生に廃残し獣に変身した男の悲しみを読者が勝手に想像しながら読むからであり、そのように記述されているからではなかった。〈唐代伝奇〉はあくまでも〈実録〉なのであり、記述者自身は至って冷静に、対話の要点を口吻のままに写し取ろうとしているだけなのである。

だが、そのように書かれた〈唐代伝奇〉はやがて通俗化にさらされ、〈実録〉だったものが次第に〈興味本位のゴシップ〉に成り下がっていく。「人虎伝」に即してこれをいえば、虎に変身した原因がまず探し求められ、主人公の心境を描写した詩歌が足され、揚句に、腹を空かした虎に駅馬を供与しようとする悪趣味な展開まで加えられる始末である。〈唐代伝奇〉が帯びた〈事実の勁《つよ》さ〉はすっかり無力化され、心情描写や辻褄合わせばかりが目立った情緒的な因縁譚に書き改められてしまったのである。そこから余計な枝葉をそぎ落とし、暗い諦念のみを浮き彫りにしようとしたのが『山月記』だったのかもしれない。中島敦は確かに、その内奥に〈近代ふうの暗い自我〉をかかえた現代人だった。しかし、『人虎伝』からすべての夾雑物を取り除いてその原形に回帰せしめようとした点に着目するなら、武田泰淳氏がいうとおり、彼は「戯作者的な付加物で、水を割り、角をとり、近代ふうな弱さの色づけをすることができない人」（武田泰淳「中島敦の狼疾について」）だったと思われる。

だが、それにしても、〈唐代伝奇〉はなぜ、これほどの通俗化をその伝承過程で被らなければならなかったのだろう。

〈伝奇〉は元来〈異記〉や〈雑伝〉であって文学ではなかった。というよりむしろ、〈ものがたり〉

を文字化してフィクションとして楽しむ文化的風土は、中国にはもともとなかったといってよかった。中国文学史はその古典時代に、ストーリー性をもった散文文体を創出することはせず、常に〈史伝〉の文体を借用して物語に変えていた。中国の怪奇譚は〈史伝〉として書かれ、また、〈史伝〉として享受されたのである。そのため、中国社会が進展して怪異や神秘の信憑性が揺らいだ折も、もっと判りやすくいえば、幽霊や妖怪の実在性がしだいに薄らいできた時代になっても、中国文学はそれら〈怪異〉を〈歴史の一部〉としてしか語らなかったのである。中国文学は、謂わば、〈伝奇〉から〈幻想小説〉への移行に失敗したといえるだろう。

〈怪異〉への信頼が人びとの間から潰え去ったとき、それでもなお、それを読み、書こうとする人たちとは、一体どういう人々だっただろう。それはたぶん、〈怪奇〉をゴシップとして楽しみ、〈怪異譚〉をゴシップとして売ろうとする人たちだったに違いない。この故に〈志怪小説〉は、その行間にいっぱいの〈風聞〉を詰め込んだ三面記事に変身してしまったのである。あるいは、元来の〈街談巷語《がいだんこうご》〉に先祖返りしてしまったといえようか。

中国の古典小説は、結局、〈史伝〉以外の文体を創造し得ず、純粋に文学的な洗練を蒙ることはなかった。そのことは反面で、中国の歴史書が常に文学的な傾斜をもち、近代的な歴史学に昇華することが終になかったことと同質であろう。

あとがき

武蔵の国の竹芝の荘に、みやこに召し出されてみかどの火焚き番になった者がいた。その男が庭を掃きながら、「どうしてこんな辛い目を見ているのか。わが故郷《ふるさと》には七つ三つと造りすえた酒壺《さかつぼ》があって、そこに瓢《ひさご》が差し渡してある。その瓢は、南風が吹けば北になびき、北風が吹けば南になびき、西吹けば東になびき、東吹けば西になびく。あの光景を見もせずに、わたしはいま、こんな暮らしをしている」と独りごとを呟いた。その時、みかどの姫君がそれをお聞きになり、柱に寄りかかって、「いかなる瓢がいかになびくのであろう」とお想いになった。そこで、「われを連れていけ、お前がそういうだけの理由があろう」とおっしゃって、そのまま男に背負われて東国の竹芝に向かわれた。……

『更級日記』の開巻すぐにある、有名な「竹芝寺の段」である。

――東国に生まれ育った『更級日記』の作者は〈ものがたり〉の魅力にとり憑かれ、そのすべてを諳《そら》んじてみたいという想いを胸に、都へと旅立った。武蔵の国の竹芝に至った折、当地にまつわる姫君の伝説を聞かされて、作者はそれを武蔵の国の起源説話として書きとめた。下賤な火焚き番の衛士がいて、彼は気ままな故郷の暮らしをなつかしみ、風に吹かれてなびく瓢の様を独りごつ。その呟きを柱の陰で聞いていた姫君は、見たこともない鄙びた瓢に無限の神秘を感じ、そのまま男に背負われて武蔵の国まで流れ着く。〈ものがたり〉に憧れて都へ向かおうとする作者の思慕は、未知の瓢に魅せられて東国に向かった姫君の思慕と、竹芝において交差する。ここには、まだ見ぬ世界に憧れる多感な魂と物語文学の、ある種の幸福な結びつきがある――。誰の書いた文章だったかもう忘れたが、いまから五十年もむかしの学生時代に右のような内容の論評を読み、私は、はるか彼方の山間《やまあい》からナイン・ピンの響きがこだましてくるような気がして、かすかな胸の傷みを覚えた。

「山のあなたの空遠く、幸住《さいわい》むと人のいふ」という。まだ見ぬ世界への憧れは人類が共通していだく内心の疼きであろう。郷愁にも似たその疼きは、時に、空想の翼を広げて現実を飛び越え、山野の彼方に未知の王国を仮想させたりもした。『更級日記』の作者と都の姫君の幸福な邂逅とはこのことをいうのであろうが、中国にあっても、たとえば李公佐という唐人は樹下に広がる蟻の巣に失われた幸せの王国を夢想し（『南柯太守伝』）、李朝威も、洞庭湖の奥深くに龍神たちが暮らす永遠世界をイメージしたのである（『柳毅伝』）。〈ものがたり〉を生まなかった中国にあっても、〈仮想世界への衝動〉は文学の中に確実に息づいていた。それは確かにそうだろう。だが中国にあっては、文筆は公的な社会生活のためにあって、個人のロマンのためにあるのではなかった。文学もまた、少女の感傷のためにではなく、男子の処世のためにあったのだ。そのため、中国の古典小説が描こうとしたのも、幻想の甘い陶酔ではなく、野望や闘争の苦い幻滅だった。

本書は元来、幻想文学のすべてがその根底に帯びるであろう〈フィクションへの衝動〉を前提にして、唐代の知識層がなぜそれから乖離して〈伝奇〉を育んだのか、彼らが抱えた〈大人の事情〉をなるべく実情のままに掘り起こしてみたい、との野心から生まれたものである。私が問題にしたかったのは幻想それ自体ではなく、幻想の奥にひそむ記述者の意識であり、彼らが抱いた世界観や人間観であった。唐人は、〈フィクションへの衝動〉以外の何に導かれて〈神秘の世界〉にたどり着き、いかなる社会的要請にしたがってその詳細を書き記そうとしたのか。〈唐人伝奇〉が語るそうした〈大人の実情〉を、私は、個々の作品の具体的な読みを通じて示してみたかった。

人が〈思考〉の建造物を組み上げる場合、素材となる建材とプランとなる完成予想図が必要なことはいうまでもない。文学に即してこれをいえば、素材は言語でありプランは文体である。〈唐人伝奇〉という建物のあり様を調査するなら、外観を形成する文体はまず分析されなければならないし、内部の構成や動線は建材を含めたトータルな表現として検討されるべきであろう。この故に本書は、まず序章をおいて文体を確認し、取り上げるすべての作品を翻訳を通じて提示した。

また、中国が伝えた神秘の記録は、普通、〈仙境＝異界〉〈幽鬼〉〈妖怪〉の三種に大別される。したがって、本書においてもそれら三種は均等に扱われるべきだが、ただ、中国の怪奇譚は日本では古くからお馴染みで、名作も多いかわりに訳書も多く、単純に代表格を紹介しても新味を欠いて退屈である。そこで本書は、有名所は故意に避けて穴場を狙い、しかも副次的な主題を設けて観点を変え、〈異界〉〈幽鬼〉〈妖怪〉の三分野を別の角度から眺めてみることにした。それが第一章から第四章までで、そこにおける副次的な主題とは、処世にまつわる〈修身〉〈斉家〉〈治国〉である。さらに「終章」は、一種の余論で、〈伝奇〉の背後にある世界観や人間観の判りにくさ、読み取りにくさを、『山月記』をネタに問題にしたつもりである。

私が本書でいちばん苦労したのは実は書名であった。

本書における私の発想の原点は『更級日記』「竹芝寺の段」にあった。〈唐人伝奇〉に〈物語世界への憧憬〉は揺曳するか。これが、私の最初の問いかけである。そのため本書は、当初、「遙かなる山の呼び声」という、西部劇とも民子三部作ともつかぬ奇妙な名前で計画された。その後、「はるかなる雲峰」とか「まぼろしの山野」とか、名前はいろいろに転変を重ねたが、どれも腑に落ちることはなく、原稿もなかなかまとまらなかった。私は、当初の発想にこだわり過ぎたのである。

そんな折、東方書店の家本奈都さんから「〈中国幻想小説の読み方〉というのはどうでしょう」というアドバイスをいただいた。シンプルで良い書名である。本当はこれに飛びつきたかったが、ただ、〈唐人伝奇〉や中国幻想小説の代表作を一作も取り上げないままこれを名乗るのはさすががに気が引けて、結局、〈読み方〉を〈実像を求めて〉に直して副題にまわし、歴史とも文学ともつかない〈唐人伝奇〉の実態に合わせて「歴史と文学のはざまで」と名乗ることにした。「遙かなる山の呼び声」は〈あとがき〉にかすかな残響を留めて雲散霧消し、かわりに、〈実像〉という、これもありもしない幻影が前面に躍り出た格好だろうか。逃げ水を追うような私の子供っぽさはいささかも変わっていないのである。もっとも、中国の山野に響いた元来のこだまは後に蒲松齢の『聊斎志異』となって鮮やかに甦り、その山びこが単なる幻聴でなかったことを十分に明かしてくれはしたのだが。

本書の成書にあたっては東方書店と編集の家本奈都さんの多大のご助力をいただいた。ここに特記して感謝をささげる。

二〇二三年七月十五日

高橋文治識

図版一覧

序章

第一章

第二章

第三章

第四章

［図30］「華夷図墨線図」（部分）（『中国古代地図集　戦国―元』文物出版社　一九九〇年）
［図31］「唐一行山河両戒図」（『中国古代地図集　戦国―元』文物出版社　一九九〇年）
［図32］任仁発「張果見明皇図巻」（部分）（『芸苑掇英　第五十一期』上海人民美術出版社　一九九六年）
［図33］「成都羊子山漢代画像石」（『巴蜀古代楽舞戯曲図像』西南師範大学出版社　二〇〇〇年）
［図34・1］「唐・章懐太子墓壁画　出猟図」（部分）（『大唐壁画』陝西旅游出版社　一九九六年）
［図34・2］「唐・章懐太子墓壁画　出猟図」（部分）（『大唐壁画』陝西旅游出版社　一九九六年）

東方選書

歴史《れきし》と文学《ぶんがく》のはざまで

唐代伝奇《とうだいでんき》の実像《じつぞう》を求《もと》めて

東方選書 61

二〇二三年一〇月三一日　初版第一刷発行

著　者……………高橋文治
発行者……………間宮伸典
発行所……………株式会社東方書店
東京都千代田区神田神保町一─三 〒一〇一─〇〇五一
電話（〇三）三二九四─一〇〇一
営業電話（〇三）三九三七─〇三〇〇

基本フォーマット…鈴木一誌
ブックデザイン…吉見友希
組版……………三協美術
印刷・製本………（株）シナノパブリッシングプレス

定価はカバーに表示してあります

ISBN 978-4-497-22316-6 C0398